让孩子笑着读懂文学

趣味学中国文学

方舒眉 —— 著　马星原 —— 绘

北京理工大学出版社
BEIJING INSTITUTE OF TECHNOLOGY PRESS

序

　　中国文学有着数千年的历史，可谓源远流长，在世界文学之林独树一帜。在这本书中，既有家喻户晓的文学巨匠，又有我们耳熟能详的文学名著，巨匠与他们的著作之间又会有怎样的故事呢？

　　这本《趣味学中国文学》将带你走进文学的世界，领略文化的魅力。本书并非正襟危坐地谈中国文学，而是搜集约100则与文学有关的趣事，让读者在轻松愉悦中，就能对一些日常用语的出处恍然大悟，也能对一些人物或事件有新的看法。例如，嘲笑某些人或物为何称为"九流"？孔子会不会武功？白居易是不是藏书家？苏东坡为什么被叫"东坡"？沈从文与"半个教授"有何渊源？……

　　我自小醉心于中国文学，期待能为年轻读者开启一扇门，以有趣的角度启发他们认识中国文学与历史，更期盼他们日后能作更深入的了解。

目 录

琴棋书画、酒与文学

第五篇

第一篇

诸子百家
大擂台

"九流十家"
之说的来历

春秋战国时期，周天子名义上是天下之主，实则地方诸侯各自为政。而且，各诸侯国为了壮大自己的实力，开始招贤纳士。渐渐地，便出现了很多说客。这些说客各成门派，或著书立说，或广收门徒，史称**"百家争鸣"**。据班固《**汉书·艺文志**》记载，数得上名的，共有**一百八十九**家。然而，能成一家之言并流传下来的，不过十家而已。

此十家分别是儒家、道家、法家、阴阳家、名家、墨家、纵横家、杂家、农家和小说家。有趣的是，《汉书·艺文志》有载："诸子十家，其可观者，九家而已。"把排在最末的"小说家"评为不入流，故有**"九流十家"**之说。

虽说《汉书》认为入流的学说为数很少，然而百家争鸣可以说是中国历史上学术思想最自由的时期，更是出现了百花齐放的辉煌局面。

汉代，汉武帝推崇"罢黜百家，独尊儒术"的政策，使得儒家思想成为正统。这是中国思想发展史上的重要里程碑。

我是孔子！

我是老子！

我是Q小子！

《论语》
是不是孔子写的？

孔子是儒家学派的创始人，主张用道德和礼教治理国家，认为这是最高尚的治国之道。现今学生必读的《论语》，记录的就是孔子与其弟子的言行。

《论语》被认为是儒家经典，由孔子的弟子及其再传弟子整理编成，内容涉及教育、政治、文学、哲学以及立身处世等方面，共二十篇。

创作真的可以不动笔的呀！

其实，孔子也曾自言"述而不作，信而好古"，意思是只传述古圣先贤之学，推崇古代文化。

以《春秋》为例，虽然是讲述鲁国历史，但当中也有孔子的哲学思想，孔子自认只不过是"述义"，但孟子、司马迁却有"孔子作春秋"的说法，而且被后世广为沿用，故孔子是以述为作，能述能作。

是老师还是武师?
孔子也练武?

周润发主演的电影《孔子》中,曾提及**孔子武功高强**,这与我们认知中的孔子好像有点矛盾。

那孔子到底会不会武功?这个问题非常有趣且具有争议性。一方坚持认为孔子作为一代大儒、万世师表,总不能舞枪弄棒、有失斯文;另一方则认为,既然孔子所提倡的"六艺"当中有**射御之术**(射箭和驾驶马车的技术),这不就是武功吗?

再说,在那个各国互相攻伐的时期,不学一点武功用来防身,在周游列国的时候,岂不危险?

另外就要说到,孔子是**殷商贵族后裔**,他的父亲叔梁纥力大善战,是当时著名的勇猛之士。史书记载:孔子身形高大,善射、会驾、懂军事、知兵战。不过要注意的是,他的政治理想是恢复西周礼制、主张和平、反对战争。

综合以上种种线索,我们可以推测孔子**文武双全**,但若说孔子"武功高强",似乎缺乏直接证据。

孔子出品，必属佳品！
"七十二贤人"参上！

《史记》中记载，孔子有弟子三千，其中精通"六艺"者七十二人，称"七十二贤人"。

而所谓"六艺"，则是中国古代要求学生掌握的六种基本才能，即礼（礼节）、乐（音乐）、射（射箭技术）、御（驾驶马车的技术）、书（书法）、数（算术）。

"七十二贤人"中又有十位最杰出的弟子，号称"孔门十哲"，他们分别是颜回、闵子骞、冉耕、冉雍、宰予、子贡、子游、子夏、冉求和子路。

不过，我们要注意，古文中大部分的数字只是虚数，所以"三千"与"七十二"其实并非真实数字。据史书记载，孔子光是有名有姓的出色弟子就有九十五人，大大超出"七十二"之数！

当然，历史这么悠久，记载方面不可能毫无误差，所以实在不必拘泥于这些数字，只需要知道孔子有教无类，弟子众多。而这些弟子继承师命，发展师说，为后世传播儒家学说做出了贡献。

点完名也要下课了……

学生点名

孔子的
教子之道

孔鲤是孔子的儿子，他跟孔子的学生们一起上课。

有一天，一位同学陈亢问孔鲤："老师在学业上对你有特别的指导吗？"

孔鲤答："没有什么特别啊！有一次，父亲见我在庭中走过，就问我学《诗》了吗？我答没有。父亲说：'不学《诗》，连话也说不好！'我就连忙回去读《诗》了。又有一次，他问我学《礼》了吗？我答没有。父亲就说：'不学礼，无以立。'于是，我就赶紧回去读书了。"

陈亢听后，高兴地说："我提出一个问题，便有三个收获：首先，知道《诗》不可不学；其次，也知道学习《礼》的重要性；最后，又知道君子不会对自己的儿子有特别的照顾。"

当然要用打的！

超时空吐槽！
金庸VS孟子

孟子是儒家学说的重要人物，被尊为"**亚圣**"，备受尊崇，但质疑其著作的也大有人在，其中一位便是鼎鼎大名的武侠小说家**金庸**。

在《**射雕英雄传**》中，金庸笔下的黄蓉曾对儒生朱子柳念了一首诗：

"乞丐何曾有二妻？邻家焉得许多鸡？当时尚有周天子，何事纷纷说魏齐？"

这首诗的前两句，提到了《**孟子**》一书中的两个故事：一个讲述的是一个乞丐有一妻一妾；另一个讲的则是一个人每天到邻居家里偷鸡。金庸在自己的书中借黄蓉之口提出质疑：乞丐这么穷困，怎可能有两个妻子？邻家也怎会有那么多鸡，能让人天天去偷？这是完全不合理的。

而诗的后两句则是说，孟子在周天子尚在的时候不去辅助王室，反去向梁惠王、齐宣王求官，岂不有违儒家的圣贤之道吗？朱子柳听到这首诗后呆在当场，半晌说不出话来。

其实这首诗并非金庸原创，只是书中剧情需要，就被拿来当作是黄药师所作，再由黄蓉之口说出而已。

庄子
身世之谜

　　司马迁写《史记》时，只说庄子是**蒙地**的**漆园吏**（掌管地方漆树种植和漆脂生产），而不是像他笔下其他的先秦诸子一样清楚地写出国籍。为什么呢？

　　春秋时期是只有贵族才能接受教育的时代，而庄子也不像孟子般有明确的师承系统，那究竟庄子的学问来自何方？他为什么可以跟贵族对话呢？

　　话说庄子见**魏王**时穿得破破烂烂，魏王便问他："为何先生这样贫困？"庄子答道："如今身处混乱时代，又怎能不贫困？"魏王听到这番无礼冒犯的话，竟也没有发怒，反而继续听他谈论。庄子有什么资格这样做呢？

　　据宋代郑樵所考，庄氏起源于**楚庄王**，也就是说庄子是楚庄王的后人，这就为庄子的背景添上了没落王族的血脉，正好解答了多年来有关庄子身世的疑问，也为崇尚自由的学说更添一分趣味。

既然被你发现了我的身世，我也就不再隐瞒！

楚庄王

此"道"非彼"道"
庄子VS老子

庄子和老子皆为道家学说的代表性人物，二人为后世带来的影响可谓深远。虽然"道"和"德"是二人思想的中心，但他们对"道"的看法有所不同。

老子认为，"道"是万物根源，他说"道生一，一生二，二生三，三生万物"，认为万物自"道"而生，也受"道"的驾驭和控制；庄子虽也认同"道"是万物根源，但他认为"道"存在于万物之中，无须比较，也无从驾驭。

从此处引申，老子主张君主顺应自然，实施符合"道"的政策，使人民顺其自然发展，以达到理想国度，他主张"无为而治"；而庄子相信万物就是道的化身，人应该顺应道，他主张"天人合一"。

庄子和老子虽然都追求"道"，但二人想法不尽相同，大家不要搞混了。

做测试，做到尽！
庄子装死试妻！

我是人，
不是鬼！

民间流传着这样一个故事：某日，**庄子**遇到一个要等亡夫坟墓干透才愿意改嫁的新寡少妇，可是要等到坟墓干透是需要很长时间的，庄子不忍少妇一个人孤苦无依，便开解劝说她。经过一番劝解，少妇终于同意了改嫁。庄子回家后便把此事告知了妻子，没承想妻子不仅说他多管闲事，还批评那少妇薄情，并誓言自己必定对他忠贞。

若干天后的一个清晨，庄子突然生了一场病，就此一命呜呼！

庄子的妻子非常伤心，可她在办理丧事期间，竟对一个年轻男子一见钟情。于是，她就想早早埋葬了庄子，好开始新的生活。

正当庄子的妻子准备盖上棺木时，只见庄子从棺木内站了起来。原来，这一切是庄子为了试探妻子而设计的一个局。

历史上，到底庄子有没有为了试探妻子而设计这样一个局呢？我们不得而知。

不过，《庄子·至乐》的 **"鼓盆而歌"**，既表明了庄子对妻子死亡的豁达，也表达出他对生死的乐观态度。庄子临死前曾对弟子说，自己将以天地为棺，以日月作陪，回归自然。

试问这样的人，又怎会为了试探妻子的忠贞做出此等无聊的事呢？想必是后人添油加醋，茶余饭后闲谈罢了。

令豁达的庄子
难忍伤痛的人是谁?

庄子一生追逐自由，对于生死亦有独到的体会。当与他相依为命的妻子死去时，他没有哭，反而是坐在她的棺木旁**鼓盆而歌**。

在庄子看来，生老病死不过是个**循环**，就如四季更替一样，所以他没有在妻子棺木前号啕大哭。但有一个人的死却令豁达的庄子很是伤痛，这个人就是**惠子**。

惠子是庄子的挚友，《庄子》里面有很多他们辩论的记录。二人思想虽然大多时候是针锋相对、互不相让的，但他们一直视对方为辩论的好对手。

每当庄子路过惠子的坟前时，都会表现出痛惜之情。他对身边的弟子说："自从惠子死后，我便没有可以匹敌的辩论对手了。"

你妻子死了还有心情唱歌?

诸子中的"边缘人"——
荀子属于哪一家？

　　有人说**荀子**是**儒家**学派的代表人物之一，他继承了传统的儒家思想，重视王道，提倡礼仪；也有人说荀子是**法家**的代表，因为他主张**"性恶论"**，并培养出了法家代表人物韩非、李斯。

　　那么，荀子到底是儒家代表人物还是法家代表人物呢？荀子发展了儒家思想，他认为在尊重自然规律的基础上，应发挥人的主观能动性，这就是"人定胜天"的思想。在人性论方面，他提出了"性恶论"，但他主张通过教育感化来改变，这一点是与儒家一脉相承的。虽然荀子认为礼治与法治并举，但其根本目的是实现王道，平政爱民。

　　由此可见，荀子思想学说的中心仍属儒家派别。

荀子为何又叫"孙卿"？

荀子！

我的名字叫孙卿！

有些史书记载"荀子，名况，字卿"，也有些史书记载荀子为孙卿，那到底哪个称呼才对呢？

据唐代**司马贞《史记索隐》**曰："后亦谓之孙卿子者，避汉宣帝讳改也。"其意是后人为了避汉宣帝刘询的讳，故将"荀卿"改写为"孙卿"。但是，也有学者列举汉朝的其他例子，质疑汉代避讳并不严格，反驳避讳的说法。

还有一些学者认为"荀、孙"两字在上古是**同音字**，并且两字通用，后来更是出现**"两氏说"**。

总之，各种说法云云，迄今尚无定论，唯有留待专家继续研究了。

诸子地位之战，
荀子不如孟子吗？

春秋战国时期，儒家思想的出现，影响了中国数千年的思想发展。儒家代表以**孔子**为首，这是毋庸置疑的，但为何同是推崇儒家的**荀子**，地位却跟"亚圣"孟子相去甚远呢？

孔子的儒家思想提倡"仁""礼"，孟子发挥"仁"的思想而有**"性本善"**之学说，荀子则发挥"礼"的思想，认为人皆**"性本恶"**，人与生俱来就具有不同的欲望，为了满足欲望就会争权夺利，故唯有以"礼"来约束。

其实，孟子和荀子的"性善""性恶"并非对立，而是论人性的两面。据学者研究，两汉时期的孟、荀思想是处于**并尊地位**的。但到中唐，韩愈开始**"扬孟抑荀"**。到了宋代，理学家几乎视荀子为异端。朱熹在《朱子语类》中更是说："不须理会荀卿，且理会孟子性善。"于是，后人便渐渐认为荀子的地位不如孟子了。

就是要分得那么细，
道教VS道家

道家与道教同有一个"道"字，但是"道"与"道"不同。既然"道"不同，那是否不相为谋呢？

道家代表的是一系列的哲学思想，以自然为本，鼓励人不违规律，跟随自然，其中老子所写《道德经》、庄周所写《庄子》，皆为道家代表著作。那道教又是什么呢？

道教是中国本土宗教。东汉年间，有一道士**张道陵**自称获得太上老君授法，并作经书二十四篇，创立正一道。另外，黄巾军首领**张角**以太平道为号起义。它们均被视为道教的雏形。张道陵和张角都以"道"为名，结合了民间的信仰与仪式，又借用当时流行的黄老思想，如将老子化为太上老君等，建立宗教信仰，经过后来的发展，就成了如今的道教。

所以，道教与道家是不同的，大家以后要分清楚！

一字千金

战国时，秦国丞相吕不韦养了三千门客。

这些来自五湖四海的门客中，有学者，有名士，他们在吕不韦的组织下，共同编写了一部著作——《吕氏春秋》。

主公，这部二十多万字的作品完成了！

这是一部巨著，就定名为《吕氏春秋》！

我要把它公告天下！

吕不韦把全书张挂在咸阳城墙，一旁放着千金重赏。

谁能在书中增加或减少一字，就赏赐千金？！

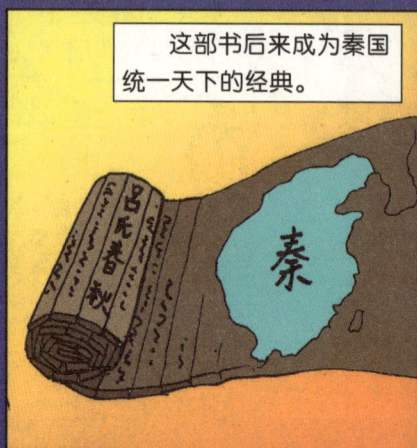
这部书后来成为秦国统一天下的经典。

"一字千金"就是根据这个故事而来的。

后来，"一字千金"用来称赞诗文精妙，价值极高。

如果我回到那个时代，就可以拿到八千两黄金！

你有这个本领吗？是什么字？

版权所有，不得翻印！

第二篇

唐宋古文八大家

跨越朝代的合称——
唐宋八大家

"唐宋八大家"是指唐、宋两朝八位著名散文家，他们分别是唐代的韩愈、柳宗元，宋代的欧阳修、苏洵、苏轼、苏辙、王安石和曾巩。

"唐宋八大家"源于明初学者朱右选编上述八家文章而成的《六先生文集》。可是，明明是八个人，怎么会是"六先生"呢？原来朱右将苏洵、苏轼、苏辙三父子并列为一家（"三苏"），故虽有八家但仅有"六先生"。明中叶时，又经古文家茅坤再整理选编而成《唐宋八大家文钞》，故八位散文家以此称号名扬后世。

"八大家"除了以文学造诣闻名以外，都曾于各自的时代推动"古文运动"，反对六朝所用的骈文。骈文讲求对偶和声律，又要求使用大量典故，造成意少词多的现象，在表达思想内容方面受到限制。因而倡议恢复先秦两汉所盛行，以散行单句为主，注重内容的古文。

幸好现在的作文方式不是用骈文，否则我们的作文分数就岌岌可危了呢！

小生排第九！

最常见的文体——散文

　　散文是一种自由的文学形式，泛指不必刻意讲求排比、音韵等限制的文章，可充分反映现实生活、表达思想。

　　韩愈和柳宗元二人在唐代所致力推行的古文运动，其实就是推崇这种回归到先秦时代的散文形式。因为当时所流行的文章形式，是从秦汉一路发展下来的**骈文**，而骈文句式多为四字句或六字句，文中讲求对仗、用典和押韵等。这样虽然使骈文有声韵优美整齐、注重艺术性等优点，但因上述形式的限制，文章大多华而不实，故为韩愈、柳宗元等文人所摒弃，他们认为其不能**"载道"**，需要纠正这种不良风气。

　　但是，韩愈也不是完全抹杀骈文的对仗和押韵运用，只是觉得不必过分拘泥雕琢，能用就用，内容为先，**文从字顺**就是好文章。

看来老师觉得我的文章很"散乱"！

一山不能容二虎，
一碑却曾刻二文

唐朝时，淮西叛乱，朝廷派兵镇压。叛乱平定后，唐宪宗决定树立碑文以表扬此次有功的人。当时，**韩愈**盛名远播，所以撰写碑文的事就落在了他的身上。

得皇帝钦点撰写碑文，韩愈哪敢怠慢？足足构思了七十日，洋洋洒洒一千八百字的《**平淮西碑**》，尽显其文字功力与写作才华。

岂料此碑甫立于蔡州城北门外，竟被一莽汉又推又砸，欲毁之而后快！

事情闹大，皇帝亲自过问。原来，此莽汉是大将**李愬**的手下，李愬在此次战役中，于雪夜突袭蔡州城，生擒叛军主帅，功劳很大，可韩愈在碑文中却没有写奇兵突袭的情节，莽汉为上司抱不平，所以才会如此。

宪宗遂下令磨去韩愈撰写的碑文，让翰林学士**段文昌**重新撰写。当时韩愈心里感受如何不得而知，但皇帝说的话，哪能违抗呢？

但宋代时，又有人磨去了段其昌撰写的文，改为韩愈的文，可那已不是韩愈的手迹了。

炼字的极致！
推推敲敲一个字

文人作诗赋词，往往为了一个字煞费苦心。

有一天，贾岛去探访朋友李凝，看见朋友家幽静的环境，随即诗兴大发，吟出两句**"鸟宿池边树，僧推月下门"**。

第二天，贾岛骑驴回去，边走边思量，又觉"推"字不太合适，因为晚上的门是从里面闩起来的，没有可能推开。于是，他想用**"敲"**字来代替，但又觉得夜里传来敲门声实在大煞风景⋯⋯

应该用哪个字呢？贾岛想着想着，一时想得太入神，胯下的毛驴竟然朝迎面而来的韩愈的官轿直冲过去。

韩愈的手下便把贾岛带到了韩愈跟前，贾岛这才知道碰上了名满京城的韩大人。

听到事情的原委之后，韩愈非但没有责怪贾岛，还说用"敲"字比较好，因为"推"字带有擅闯之意，而"敲"字更合乎礼数。

贾岛茅塞顿开，此后尊韩愈为**"一字师"**，而这首不断被"推敲"的诗，就成了后来的《题李凝幽居》。"推敲"一词后来则用来表达斟酌字句，反复琢磨的含义。

八仙之一的
韩湘是韩愈否？

韩愈曾写下"云横秦岭家何在？雪拥蓝关马不前"的千古佳句，但写这首诗的写作背景，其实是非常悲伤的。

话说韩愈被贬潮州，爱女死于途中。一日，韩愈走到陕西附近，他的侄孙来送，百感交集之下，便写了这首《左迁至蓝关示侄孙湘》。

古代右尊左卑，"左迁"就是贬官的意思；侄孙湘，就是韩湘。难道民间传说中的八仙之一**韩湘子**的原型就是他？非也非也！其实，韩湘不但没有"离地"成仙，还非常"入世"地做了大官。

不过，据说韩愈确有一位族侄自小无心儒学，一意追求**仙道之术**。韩愈曾赋诗云："击门者谁子？问言乃吾宗，自云有奇术，探妙知天工。"这么看来，八仙之一的韩湘子的原型，可能就是他！

这是谁？吹的曲怎么这么难听？

东坡与东坡肉的 由来

苏轼，字子瞻，又字和仲，但为什么人人都叫他**苏东坡**呢?

其实，东坡并非苏轼的正式名字，而是他自称的别号。话说苏轼曾被贬官黄州，生活颇为困苦，幸得好友马正卿为他觅得数十亩荒地，让他开垦耕种，以做生活补贴。由于此地位于城东门外的山坡上，故苏轼称其为"东坡"，并且自号**"东坡居士"**。

从此，后人多称苏轼为"苏东坡"。

说到"东坡"就一定要谈谈**"东坡肉"**。当年，苏轼在杭州治水有功，除了一道长堤被命名为"苏堤"以作纪念之外，百姓为感谢苏轼帮助他们免受水灾，在过年时纷纷带着肉和酒去拜年。

苏轼收到肉和酒，因为吃不完，于是就命人把肉做成红烧肉，然后分发给协助治水的民工们吃。他们吃过后无不称奇，把这种红烧肉亲切地称为"东坡肉"，这道菜一直流传至今。

老板! 把南坡肉、西坡肉和北坡肉都来一份试试!

东坡肉

只闻其故事，未见其人——
苏小妹真有其人吗？

你是谁？我应该认识你吗？

苏小妹的故事是很多电视剧、电影的常见素材，久而久之，大家就认为苏轼有个小妹，幼读诗书，聪明慧黠。

唯一的缺点是额头又宽又凸。苏东坡便作诗戏曰："莲步未离香阁下，梅妆先露画屏前。"意思是说她人未步出闺阁，额头已到厅堂。

苏小妹气结，立即接诗吟道："欲扣齿牙无觅处，忽闻毛里有声传。"意思是说哥哥发须多，盖住了嘴巴。

民间野史中有苏小妹智斗苏东坡、三难新婚丈夫秦观等故事，这些故事除了有趣之外，也充分表现出了她的智慧。

可惜，据考证都是假的。苏东坡确有一妹，但早逝；秦观确有妻子，但非苏小妹。苏小妹只是人们**虚构的人物**而已。

那么，苏小妹的传说又是怎么来的呢？

据说，苏小妹的原型可能是苏东坡的姐姐苏八娘。**苏八娘**善诗能文，却因婚姻不幸含恨早逝。人们可怜她，就编造出苏小妹的故事，算是给了她一个完满的结局。

苏轼
画扇记

苏轼任**杭州官员**时，有商号状告某人欠绫绢货款两万文不还，苏轼便把被告召来问个究竟。

原来，被告以**卖扇为生**，向商号买入的绫绢是制作扇子的材料。可是扇子制成以后，一直都是阴雨寒冷的天气，一把也卖不出去，所以无力还款。

苏轼听罢，心生一计，吩咐被告拿二十把扇子过来。只见苏轼随手拿起笔在扇子上或行书、或草书、或绘山水、或绘花鸟等，一挥而就后交给被告，让他快快卖了还钱。被告刚出府门，就有喜欢苏轼书画的人争相购扇，扇子转眼售罄。来得迟的人没有买到，都遗憾不已。

制扇人终于还清欠款，全郡县的人都被苏轼的行为感动了。

我Q小子的签名照居然败给你的几个字？

东坡

Q小子

苏轼
买屋记

苏轼一生不缺才情，独缺"财"情。但即使这样，他也从来不把金钱放在眼里。

有一次，他几乎花尽积蓄买了一座房屋，想作为**退休安老之所**。就在搬入的前一天，他和好友邵民瞻在月下散步时，忽然听到有位老妇人大哭。

苏轼问起缘由，老妇人说她有间**一百年的祖屋**，但其不肖子孙竟卖给外人，为其痛心不已。

苏轼也为老妇人难过，经询问得知，老妇人的祖屋竟然就是自己买下的那座。

于是，苏轼立即命人取来房契，在老妇人面前烧了。老妇人于是欣然回了老宅，而苏轼也没有再向其子要求退款。

苏轼的**善心**，在现实的人看来，简直就是一个傻子。

但苏轼就是苏轼，他的伟大不单在于其艺术成就，更在于其人品之超逸绝尘。

你把房契烧了，我怎么卖给别人？

苏轼
为何建立"育儿会"?

只接受纸币，铜钱太重了！

救助儿童

话说苏轼被贬黄州期间，曾经写过**《与朱鄂州书》**给鄂州太守朱康叔，道及"岳、鄂间田野小人，例只养二男一女，过此辄杀之"，希望太守向民众"告以法律，谕以祸福……若依法律行遣（指处置、发落）数人，此风便革"。最后，他又说了自己在密州太守期间救助弃婴的经验。

他不单撰文呼吁，更是身体力行成立了类似于今天的**"育儿会"**，来向当地的富人募集财物。每当查得乡村有即将临盆的产妇，只要她们答应养育小孩，苏轼就会送米、送布给她们。

苏轼感慨地说："一年若能救回一百个婴儿，也是功德圆满了！"

难道是百宝袋？

苏轼肚皮里的秘密！

苏轼这个大才子，乐观幽默，凡事看得开。即使遭遇"报应"到自己头上来，他也会一同嘻哈绝倒，不以为忤。

话说某日，苏轼吃饱后，抚着肚皮问侍婢："你们且道我腹中有何物？"

一婢答曰："都是文章！"苏轼不以为然。

另一婢又答："满腹都是见识！"苏轼仍然摇头。

这时，苏轼的小妾**王朝云**出场了，她素来聪明伶俐，又曾向苏轼学习诗书，苏轼称她为**"天女维摩"**（即纯洁、一尘不染的意思），视她为红颜知己，认为最了解自己的只有她。

王朝云笑道："学士一肚皮**不合时宜**。"苏轼哈哈大笑。

原来，苏轼在朝中，性格直率，有时会弄得两面不是人。王朝云此话便是说他不愿配合时代形势的需要。

坚持自我，不为了个人得失而迎合他人，正是东坡居士可敬可爱之处。

谁要来摸摸我的肚皮？

命中注定的对手!
苏轼VS王安石

苏轼入仕时，正值**新旧党争**，他的父亲苏洵、弟弟苏辙等人皆是旧党一派，而他自身的政治理念亦与新党不合，这就意味着与**新党领袖王安石**成为政敌。

苏、王二人政见分歧的事例俯拾皆是，那么二人的关系应该非常差吧?

如果你这样想的话，那就大错特错了。

事实上，他们的私交不错，苏轼就曾对王安石的诗作大加赞赏，而王安石更曾为保住苏轼的性命而做出努力。

话说在元丰二年（1079年），苏轼在例行公文《**湖州谢表**》中说了一些带有个人感情的话，这些话被新党利用，苏轼随即遭到朝中的变法派群起而攻之，引发**"乌台诗案"**。在此危急存亡的关头，王安石以"安有圣世而杀才士乎（怎么能够在大宋王朝正值太平盛世时斩杀文人）?"向皇帝上疏，苏轼这才幸免于难。

由此可见，他们虽政见不同，但无损友谊。这种情况在中国古代，倒是颇为罕见的。

为了救苏轼，看来我也要出动了!

苏轼
客串水利工程师

元祐五年（1090年），苏轼被派往**杭州**任职。

令苏轼最伤脑筋的，是居民的用水问题和经常淤塞的运河。他决心改善这种情况，遂请教专家，定下方案，坐言起行，于半年左右完成工程，此举大大改善了杭州水利。苏轼更是将河中挖出的淤泥堆筑成一条南北走向的堤岸。杭州老百姓为了纪念他，称这条堤为**"苏堤"**，与白居易主持修筑的**"白堤"**相辉映。

今天的**"苏堤春晓"**为西湖十景之一。长堤卧波，六桥烟雨，为诗人墨客平添几许浪漫佳句。

这一切，都要多谢苏轼这位客串的水利工程师啊！

你、你、你，快快把我的"苏堤"筑出来！

柳宗元是唐代著名的文学家。有一次，他收到一位朋友的孙子——韦中立的来信，信中表示想拜他为师……

这年轻人真难得！

于是，柳宗元便写了一封回信，即著名的《答韦中立论师道书》。

二十一日，宗元白：

辱书云，欲相师。仆道不笃，业甚浅近，环顾其中，未见可师者。虽常好言论，为文章，甚不自是也。不意吾子自京师来蛮夷间，乃幸见取。仆自卜固无取，假令有取，亦不敢为人师。为众人师且不敢，况敢为吾子师乎？

孟子称："人之患在好为人师。"由魏、晋氏以下，人益不事师。今之世，不闻有师，有辄哗笑之，以为狂人。

如今世道，拜师求学的风气久已不闻，若有为师者，也被指为"狂人"。

对于这种少见多怪的现状，柳宗元在信中有一比喻。

我曾听说四川因多雨少晴，以致太阳出来，就会惹得犬吠声不绝。我本以为是夸张之言。

但我在永州，遇上一场这里从未见过的大雪。我亲眼看见那些犬奔走狂叫，直至大雪止了才安静下来……其实，雪和太阳有什么过错？问题是那些狂叫的犬……

信末，柳宗元教导韦中立写文章的心得：

我年少时写文章，以为言辞优美就是好。后来才知道，写文章是为了表达思想，说明道理的。故此，我如今写文章，绝对不敢"轻心掉之"。

第三篇

四大名著风云录

谁是
《西游记》的作者？

《西游记》作为中国古典四大名著之一，唐僧师徒西天取经的故事可谓是脍炙人口。但是，这部作品本身还有许多不解之谜，例如，它的作者到底是谁呢？

现在所能见到的明代《西游记》古籍刊本，其实均**没有作者署名**，只有一位名为"**华阳洞天主人**"的校订者。

清代古文字和考古学家**吴玉搢**首先提出《西游记》的作者是吴承恩，因为吴承恩的著作书目中有一项《西游记》名目，而且文中多为吴承恩的家乡（淮安府山阳县，今江苏省淮安市淮安区）的方言。其后不少人也附和此说法。但也有部分学者提出异议。

直至1923年，**胡适**著文指出《西游记》的作者应是吴承恩无疑，自此"一锤定音"，所有《西游记》版本都无一例外署名吴承恩了。但《西游记》的作者究竟是不是吴承恩，到现在仍具有争议。

叱咤风云的美猴王——
孙悟空的原型是谁?

《西游记》中的美猴王孙悟空,是妇孺皆知的英雄人物,但他是作者凭空创造出来的,还是有参考的人物呢?

原来,印度叙事诗《罗摩衍那》中,就有个智勇双全、乐于助人又懂得飞行术的神猴哈奴曼。据三国时代编译的《六度集经》,南北朝期间翻译的《出三藏记集》及后来的《杂宝藏经》等佛书印证,早在一千多年前,印度神话中的"人王猴王共战邪龙""猿猴大闹天宫"等故事,已在僧侣和民间广为流传。

唐朝时,玄奘天竺(印度)取经的故事引人入胜,渐渐地,"神猴法身"的印度奇闻遂演变为民间故事,所以孙悟空可能是依据哈奴曼神猴传说塑造出来的,但书中赋予他的本领比哈奴曼大得多了。

本大圣也敢模仿?
看我收拾你们!

头上的箍儿！
孙悟空的紧箍咒有"伴儿"？

　　看过《西游记》的人都知道唐三藏有一个专治孙悟空的**紧箍咒**，但是，类似的"箍咒"其实共有**三个**，这件事你知道吗？

　　据《西游记》第八回记载，佛祖将三个箍儿交给观音菩萨，说这三个箍儿用法不同，有**"金、紧、禁"**三篇咒语，唐僧在取经路上如遇见强大的妖魔，可用此箍儿收服他们，令他们改邪归正。后来，观音菩萨把其中一个送给了唐三藏，让唐三藏用来约束**孙悟空**，并教给唐三藏"紧"箍咒。

　　那么，"金"和"禁"这两个箍儿去了哪里？原来，这两个箍儿一个用在

了**黑熊精**头上，一个则用来套住了**红孩儿**。

《西游记》第十七回中，唐三藏一行人路过黑风山，黑熊精偷走了唐三藏的袈裟，孙悟空与黑熊精多番争斗也未能夺回，只得请观音菩萨帮忙。观音菩萨骗黑熊精吃下了一颗丹药，使其现出了原形，用禁箍儿制服了黑熊精，将他收为座下**守山大神**。

收了黑熊精，观音菩萨又在第四十二回用金箍儿收了红孩儿。话说那红孩儿闻说吃了唐僧肉可以长生不老，便掳走唐僧，猪八戒和孙悟空前来要人均失败而归。没办法只好再请观音菩萨帮忙，观音菩萨于是用金箍儿降住了红孩儿，将他收为**善财童子**。

这三个箍儿原本应该是用在唐三藏的三个徒弟身上的，但最后只用在了孙悟空一人身上，看起来似乎有些不太公平。不过细想想，三人中也只有孙悟空最顽皮、最不服管教，所以这也无可厚非。

中儿三十有，个文奖抛箍钱！

真真假假《水浒传》,
及时雨并非虚构?

《水浒传》中的"及时雨"宋江,原来在历史上真有其人。

史载于宣和元年（1119年），宋江聚众在河北起义，专管人间不平，惩罚贪官污吏。朝廷曾下诏对宋江等人招安，起义军非但没有投降，还转战山东、河北等地，其攻势猛烈，令各地官府闻风丧胆。

及时雨啊，我宋江命令你立即解除封印！

朝廷派出重兵，起义军终被镇压，宋江投降。中国古典四大名著之一的《水浒传》就是根据这个事件改编而成的。

《水浒传》叙述了一百零八位好汉被逼上梁山的故事。众人以宋江为首发动起义，抵抗强权、济弱扶贫。后来，梁山好汉接受朝廷招安，征辽平寇后众人却遭朝廷迫害，宋江亦被奸臣毒死。

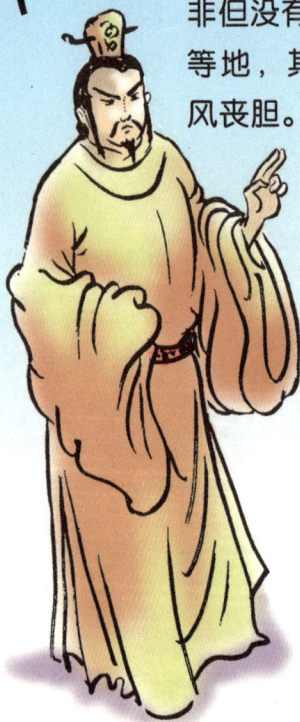

《水浒传》中的
梁山在哪儿?

《水浒传》中一百零八位好汉同聚梁山,他们结拜为兄弟,除暴安良,劫富济贫,他们的行为使得不少少年对侠义生活充满了憧憬。众好汉以梁山为号游走江湖,可这梁山又在何处呢?

据《水浒传》所载,梁山位于山东西南梁山县境内。但梁山的命名需要追溯到西汉时期,据《大清一统志》所载:"梁山,本名良山,以梁孝王游猎于此得名。"

近年来,当地政府积极将梁山发展成旅游区,并且结合了宋江起义的遗迹,以及《水浒传》中故事的记载,建立了一些仿造的梁山建筑,如梁山的两关一寨、宋江马道、忠义堂等,使游人置身于故事场景当中。

喜欢《水浒传》的朋友定要到当地一游,感受一番。

梁山旅游区

今次真是"逼上"梁山!

武松打虎

打的真是老虎？

《水浒传》中的武松非常勇武，在经过**景阳冈**时路遇猛虎，乘着酒意，赤手空拳打死了一只吃人的猛虎，为当地老百姓除去一害。然而，这只是《水浒传》中虚构的情节。

饶命！我再也不敢自认老虎了！

据史书记载，武松的确是打死了一只"老虎"。不过，此武松不是彼武松，此虎亦不是彼虎。此武松打死的"虎"其实是个人。据考证，在**《临安县志》**和**《浙江通志》**中均有记载，武松当年于杭州街头卖艺，因其武艺高强，受当地知府高权赏识被招为捕快。后来高权被贬，武松也被解除职务。新任的知府**蔡鋆**仗着其父蔡京在朝中的庞大势力，为所欲为，使得人们怨声载道，都称他为"蔡虎"。

某日武松埋伏于官府之外，趁蔡鋆出巡时持刀刺杀。杀死"老虎"后，武松不幸被捕，被判以重刑，并且死于牢中。百姓为了纪念他英勇为民，将其葬于西泠桥畔，立墓碑**"宋义士武松之墓"**，供后人凭吊。

《红楼梦》神还原！
真的有座大观园吗？

  曹雪芹所著的《红楼梦》中，有座**大观园**。许多人都在争论及探讨是否真有此园。

  如果有，那在哪里呢？

  有人说《红楼梦》中的故事发生在南京的**苍山**，大观园即随园故址。也有人推断，大观园就是曹家显赫时的**江宁织造署的西花园**。这个西花园已改建为小学，修建时发现有块**"红楼一角"**的碑石，还挖掘出完整的假山石基和水池。

  有人根据刘姥姥说的"在这长安城中……"认为大观园应在西安。但又有人参照《红楼梦》内的景致，指出大观园应在**江南**。更有人认定贾府应在**北京**西北皇宫内苑外面。

  以上种种说法，真是言人人殊，无法定论啊！

  不过，现今在北京和上海各建造的大观园，已是旅游景区了。

二次创作成学问，
最多 "续书" 的《红楼梦》！

　　《红楼梦》《西游记》《水浒传》《三国演义》同为中国古典四大名著。有别于其他三本的是，《红楼梦》所写的不再是好汉之间的豪情或神怪故事，而是世间最难理清楚的**男女情事**。

　　故事围绕贾宝玉、林黛玉、薛宝钗三人之间的感情纠葛展开。《红楼梦》前八十回由**曹雪芹**所写，后四十回的作者尚有争议，但大多数人认为是由**高鹗**根据曹雪芹的旧稿改写。高鹗的后四十回结局是这样的：林黛玉在宝玉与宝钗结婚的那个晚上病死，宝钗虽怀了宝玉的孩子，宝玉却出家为僧。

　　正是因为高鹗写的结局留有遗憾，故多有后人创作续书来延续故事。清代改写的续书就有很多，其题材更是层出不穷，但万变不离其宗，这些续书多从黛玉病死、宝玉黯然出家开始改写，最后皆为**大团圆结局**。鲁迅也曾点评道："非尸还魂，即冥中另配。必令'生旦当场团圆。'"黛玉死而复生的情节多不胜数，如《红楼幻梦》《红楼梦补》等，都是大团圆结局，满足了坊间众人的愿望。

更有甚者，如临鹤山人，竟将《红楼梦》改成修仙的江湖故事，说黛玉死而复生与妖魔斗法。而这些仅仅是在清朝的续书，现代也为数不少，就连张爱玲也戏写过《摩登红楼梦》！足可见《红楼梦》的魅力之大。

虽然，这些续书所写的结局与原作者所想相去甚远，有人直叱是狗尾续貂。然而，续作之多，使研究这些续作也成了一门学问，真是非常有趣。

哥哥的版本是
《红楼做梦》！

诸葛亮是否真的如《三国演义》中那般厉害?

平时看《三国演义》总觉得诸葛亮聪明绝顶,无人能及。但是,历史上的诸葛亮真的有书中描述得那么厉害吗?其实,那只是罗贯中太过夸张,而我们也将小说当成了历史。

《三国演义》中,仿佛只有周瑜能和诸葛亮匹敌,虽有"既生瑜,何生亮"之说,但每次斗智,周瑜都是以惨败收场,最后还落得被诸葛亮气死的悲惨结局。

事实上,不仅没有发生周瑜被气死一事,而且诸葛亮也没有书中那般厉害。

根据史实,周瑜比诸葛亮年长六岁,诸葛亮刚出山时,周瑜已有十年的统兵经验,根本不是小说所描写的年少轻狂的小伙子。再加上周瑜为人心胸开阔,历史上也没有他被气死的记载,所以《三国演义》对两人的描述不太真实。

罗贯中之所以将诸葛亮神化,或许是将自己曾任张士诚军师,却不得重视一事,影射到小说中,借小说一吐心中郁气吧!

三个白头浪,垫着一个诸葛亮!

"温酒斩华雄" 的关羽
坐享其成？

　　《三国演义》中有一段**"温酒斩华雄"**的故事，这个故事使得关羽声名大噪。

　　董卓军与集团军两阵对战，董卓部下勇将华雄在阵中连斩数将，令讨伐董卓的诸侯大惊失色。

　　这时，身为小小弓马手的**关羽**奋勇请缨，曹操知道他是个人才，便允了他，还热了一杯酒想给他壮壮胆。关羽却说："我去去便回来！"果然，不消一会，关羽就提着华雄的首级回来了。此时，曹操为他斟的酒还有余温呢。

　　其实，这完全是张冠李戴，事实上斩华雄的不是关羽，而是**孙坚**。根据《三国志·孙破虏讨逆传》中记载："（孙）坚复相收兵，合战于阳人，大破（董）卓军，枭其都督华雄等。"

　　不过自宋代以来，民间形成了**"尊刘、贬曹、抑孙"**的倾向，孙吴的人物在三国故事中充当了陪衬，孙坚斩华雄的功劳，竟然也给按到关羽头上去了。

古代女神貂蝉
是不是真有其人？

貂蝉，中国古代四大美女之一（另三位是西施、王昭君和杨贵妃），但她的名字却没有被载入正史。关于她的传说，都源自罗贯中的《三国演义》。

据《三国演义》描述，貂蝉是王允的义女，如花似玉，国色天香。王允利用董卓和吕布都钟情于貂蝉，便巧使"连环计"，最后借吕布之手杀了董卓。

有种说法是吕布曾与董卓的一个婢女暗中相恋。后世文人便将这个婢女改头换面，还编造了一段经历，说她姓任，曾当宫女，掌管貂蝉冠，故名貂蝉，后因各种原因流落到王允府中云云。

究竟貂蝉此人在历史上是不是真有其人，还有待考证。因为"貂蝉墓"的出现，使得一切都有了可能。

《三国演义》中的
曹操真是奸雄吗？

三国时期，曹操**挟天子以令诸侯**。后来，曹操死后，其子曹丕以魏代汉，成了皇帝。有不少人说曹丕篡了汉朝天下。曹操被很多人认为是奸雄，但亦有人评他为枭雄。其实，世人对曹操的了解，大多是从罗贯中的《三国演义》中知道的，因书中以正面形象描述刘备，故跟他作对的自然是**"反派"**了！然而，事实真是如此吗？

纵观史书，其实大多称赞曹操有勇有谋，**能文能武**。至于"挟天子以令诸侯"一事，虽然为人诟病，却是不得已而为之。曹操虽生于乱世，但见多识广。既然朝廷上无能臣，皇帝又庸碌，倒不如自己去辅助皇帝，通过他去改变这个时代。后来，即使曹操大权在握，他也始终没有逼汉献帝禅让帝位于自己（至于曹丕他就管不了），还把女儿嫁给了他。

不仅如此，曹操还是建安文学的代表性人物，与其子曹丕、曹植合称**"三曹"**。

尽管后人对曹操是否是奸雄这个问题仍有争论，但是，曹操在政治上的确有所作为，在乱世中为百姓提供了暂时的安宁。

小剧场 3
人杰地灵

今天教你这个成语……

人杰地灵

王勃是唐朝著名的文学家，他少年时已崭露头角。

有一次，王勃路过洪都（今南昌），当地的都督阎公于滕王阁设宴，他被邀做客。酒过三巡，都督突然宣布……

今日聚首一堂，能否请各位为滕王阁赋诗留念，为此雅集写一篇"序"？

我听说都督的女婿已事先写好一篇文章……

什么？那岂不是拿我们来陪衬？

于是席上宾客推来推去，无人愿意动笔。

你是文坛鬼才，这个重任交给你了！

不不……不用客气！我昨天弄伤手了！

大人，请容在下献丑。

哼！这小子名不见经传，又怎可与我的女婿相比！

王勃一挥而就，开首几句："豫章故郡，洪都新府。星分翼轸，地接衡庐……"都督看后，只评为老生常谈……

当王勃继续写道："物华天宝，龙光射牛斗之墟；人杰地灵，徐孺下陈蕃之榻……"都督看后就不由得叹服不已。

此为天才，当垂不朽矣！

"人杰地灵"的出处原来在滕王阁。

"地灵"才能够孕育出"人杰"，快带我去环游世界！

第四篇

古今才子佳人
其人其事

前人写书，后人改名！
《史记》并非本名?

《史记》书名不是你定的，所以版权有争议！

我们现在所说的《**史记**》，书名原来并非司马迁所拟定，是后人对此著作的尊称。《史记》初成时**无固定的书名**，有称《太史公书》《太史公记》或《太史公传》。约在三国时，逐渐统称为《**史记**》。

司马迁"究天人之际，通古今之变，成一家之言"，对后世史学和文学皆产生了深远影响。司马迁撰写《史记》的方式，为后世历代修史者所传承，与后来的《汉书》《后汉书》《三国志》合称"**前四史**"。

然而，有学者质疑《史记》于民间流传过程中混入了一些非司马迁编写的文章，其中以学者崔适的《**史记探源**》为代表。崔适提出司马迁所编《史记》限于汉武帝元狩元年（公元前122年），之后所出现的篇章皆为后人所加入的，并非出自司马迁之手。

为了秉笔直书，
后代只好改姓埋名

中国古代设置专门记录和编撰历史的官职，统称为史官，这些修史的官员，多是世袭传授，对于**秉笔直书**历史事件有种执着的传统。

司马迁初写《史记》时，已因秉笔直书而惹恼了**汉武帝**，后来又为投降匈奴的李陵说话，令汉武帝大怒，被处以宫刑。

司马迁出狱后发愤撰写史书，知道此书不被当世所容，故此将毕生巨著交付女儿保存，以期流传后世。但据考证，他有两个儿子，长子司马临，次子司马观，可为何如此宝贵的著作，竟然传女不传男呢？

原来司马迁为免祸事波及后人，故让两个儿子逃回故乡**夏阳**（今陕西韩城）隐居。为防显露行踪，还让他们改姓埋名。长子在"司马"的马字旁加两点改姓**冯**，而次子则在"司马"的司字上加一竖改姓**同**。故此千百年后，韩城的冯姓和同姓，因血缘关系仍保持"冯同不分，冯同不婚"的传统。

我姓同，
不姓司马！

我姓冯，
不姓司马！

曹植与《洛神赋》
之间有何 "纠葛" ？

电视剧《洛神》除了讲述曹丕、曹植的世子之争外，还有**甄宓**与两人之间的情感纠葛。据说《洛神赋》正是曹植睹物生情，为甄宓而写的，那是否真有其事？

据说，曹丕在甄氏死后将其玉枕赠予曹植。可是，一个帝王又怎会将妻子的东西赠予他人呢？何况，这人还是自己的弟弟。此外，有人认为《洛神赋》原名《感甄赋》，是曹植为其嫂甄氏而写。不过，曹植在写此赋的前一年任鄄城王，古时 "甄" 与 "鄄" 字相通，所以， "感甄" 其实是他在感伤身为鄄城王的自己不得君王重用。

与其说《洛神赋》是曹植为甄氏而写，还不如说是他为自己的**亡妻崔氏**而写。崔氏因衣着过于华丽而被曹操赐死，此后多年曹植都没有续娶，曹植为怀念与崔氏度过的美好时光写下《洛神赋》。 "执眷眷之款实兮，惧斯灵之我欺。感交甫之弃言兮，怅犹豫而狐疑" 是曹植埋怨妻子离自己而去。 "叹匏瓜之无匹兮，咏牵牛之独处" 是形容由成对至分开的状况，与曹植和崔氏的情况恰恰吻合。

所以，曹植与甄宓的感情纠葛应属无稽之谈，大家不要被误导！

躺着也中选？
被选为女婿的王羲之

　　王羲之是东晋时期著名的书法家，其作品登峰造极，冠绝古今，因此被称为**"书圣"**。其真迹除碑文外，皆已失传，但从后人所临摹的作品中亦能窥得一二。

　　民间流传着这样一个故事：东晋时期讲求门第，联姻更是讲求**门当户对**。王羲之二十岁时，有一太尉派亲信到王家选婿。王家子弟当然希望自己被选中，于是个个衣冠楚楚，争相表现。王羲之却一如平日倚在靠东墙边的躺椅上，吃着烧饼，琢磨着书法，全不当回事。

　　被派去的亲信回到太尉府后，向太尉一一报告自己的见闻。太尉听后，对那些矫揉造作的子弟没有什么好感，反而看上了王羲之。于是，太尉就向王家提亲，要把女儿许配给王羲之。就这样，王羲之成了太尉的**"东床快婿"**。

骆宾王骂人的艺术

骆宾王一生颠沛流离，他早年落魄，后来戍守边疆，又后来入朝为官，后又因与人口角而入狱。

公元684年，武则天正式摄政。骆宾王对武则天的统治深为不满，暗待时机，要为匡复李唐王朝干一番事业。

适逢徐敬业等人在扬州起兵讨伐武则天，于是骆宾王便投到其门下，并写了檄文——《为徐敬业讨武曌檄》，列举了武则天的各项罪状。

骆宾王在檄文中破口大骂武则天，但武则天在读到"一抔之土未干，六尺之孤安在"时，仍惊叹于作者的文笔，立即询问此檄文是谁写的。她痛斥宰相为何流失此等人才，可见武则天非常赏识骆宾王。

有没有看清楚？文章在骂你呀！

后来徐敬业兵败，骆宾王不知所终。有说他于动乱中被杀，也有说他跳水逃生，流落他处，朝廷官兵找不到人交差，只得随便找个相貌相似的人杀了。骆宾王因此得以捡回一命，后落发为僧，隐居山野之间。

猜谜抱得美人归！
孟浩然娶妻记

孟浩然，一个才华横溢的诗人，山水田园诗派的代表人物。据说，在孟浩然大概二十岁的时候，邻村张员外在家设下谜题招亲，点明只重才气，不看家底。孟浩然听此心中欢喜，自是欣然前往。进了张府后，见张员外和张小姐都在，就客气地请对方出题。

比武招亲我就不成了，比谜招亲我倒还有几分把握！

张小姐一看孟浩然气宇轩昂，心中暗喜，只是不知他的才气如何，心念一转说道："风流女，河边站，杨柳身子桃花面，算命打卦她没子，儿子生时娘不见。"

张小姐话音刚落，孟浩然便道："出水芙蓉，莲花者也。"张小姐见他才思敏捷，心动不已。手指桌上，便见一枚银针、一根红线、四颗明珠、两块羊脂白玉。孟浩然沉思片刻，拉起针线，穿过明珠，然后又把白玉拼在一起，笑道："**穿针引线，珠联璧合**，如何？"

孟浩然连解谜题，张小姐已暗许芳心，但女子矜持，故又道："东境脚为佳，女末肯成家。半口吃一口，音息心牵挂。"

孟浩然听罢，转向张员外躬身作揖："泰山大人在上，受小婿一拜！"原来，张小姐在谜题里藏了**"小妹同意"**四字。能得到这样文采非凡的乘龙快婿，张员外自然是立刻应了这桩婚事。

粉碎皇帝玻璃心！
孟浩然讽刺皇帝？

孟浩然，唐朝著名诗人，号**孟山人**，那他为何有此名号呢？因为他未曾入仕，漫游山水之间，故有此名号。

孟浩然中年时曾入京考科举，可惜落第。后来又不经意间开罪唐玄宗，以致终生未能入仕。

话说**王维**和孟浩然是好友。有一天，孟浩然到已当官的王维府中促膝长谈，怎料玄宗皇帝忽然到访。身为平民的孟浩然当然要回避，但是苦无藏身之处，只好躲在床底下。

皇上的玻璃心也太易碎了吧……

玄宗与王维倾谈之间，觉得王维神色有异，便问其缘由，得知孟浩然在此。玄宗想要见识见识孟浩然的风采，便命他出来相见，孟浩然只好从床底下爬出来。

玄宗叫他诵一首写自己的诗，孟浩然随口背出来："不才明主弃，多病故人疏……"他作此诗本来是抒发科举落第的失落，感慨自己的才能还不能及第，故自称不才，又觉得自己的才华还不到家，所以被明主所弃。

但一句**"明主弃"**到了玄宗耳中，却有他意。玄宗以为孟浩然想讽刺他这"明主"不懂赏识人才，一怒之下便道："卿不求仕，而朕未尝弃卿，奈何诬我！"得罪皇帝，孟浩然还会有什么仕途可言呢？故终其一生，孟浩然都未有机会入仕，只得寄情山水，归隐田园。

信手拈来！
孟郊巧对胜钦差

　　孟郊出身寒微，家中清贫。一年冬天，有个县太爷大摆宴席宴请钦差，身穿破烂衣衫的小孟郊闯了进去。钦差表示要出对联考他，若他能对得出来，就请他吃饭；若他对不出来，则要打断他的腿。

　　小孟郊一点也不害怕，一口答应了下来。

　　钦差见他身上的绿衣破破烂烂，便出联嘲笑："**小小青蛙穿绿衣**。"

　　小孟郊见这钦差身穿大红蟒袍，又见席上有螃蟹菜式，沉思一下便对道："**大大螃蟹着红袍**。"这是暗讽对方横行霸道。

　　钦差听了气结，却不罢休，又出联："**小小猫儿寻食吃**。"

　　小孟郊看看钦差，又看看拍马溜须的县太爷，打从心里厌恶这帮贪官污吏，便怒气冲冲地回敬道："**大大老鼠偷皇粮**。"

　　钦差、县太爷一听，吓得目瞪口呆，出了一身冷汗。因为他们正是偷了救灾的粮食来摆宴。他们不敢再为难孟郊，让他吃了顿饱饭。

图书馆馆长现身！
白居易的图书目录

白居易，唐朝著名诗人，但鲜有人知的是，他还是著名的**藏书家**。

贞元十六年（公元800年），白居易中进士，被任为秘书省校书郎，专门整理国家藏书。在整理集贤院书籍时，他接触到很多珍贵的藏书，这对他的文学创作有很大的影响。此后，白居易更是修建了自己的藏书库——**池北书库**。

池北书库中不仅有岛、有树，还有桥。在这环境优美的书库读书，自然是让人心旷神怡。那么，白居易的这座书库，究竟藏了多少书呢？

实际上，白居易的藏书并没有确切的数量。不过，他曾用藏书编撰《**白氏六帖**》。编撰此书时，他带领门生在纸条上写下各经籍的撮要，然后列置七层书架，并在上面放置多达数千个已标写名目门类的陶瓶，最后将纸条分门别类地放进不同陶瓶之中。编写时，再将同一类别的纸条倒出并辑录成书。从以上情况就可推断，白居易的藏书何其之多！

粉碎皇帝玻璃心第二回！
刘禹锡一再惹祸

刘禹锡，字梦得，唐朝文学家、诗人，于贞元九年（公元793年）考取进士，后又任监察御史等职。

有一次，刘禹锡与朋友到长安玄都观赏桃花，因感触良多而写下《元和十年自朗州至京戏赠看花诸君子》：

紫陌红尘拂面来，无人不道看花回。
玄都观里花千树，尽是刘郎去后栽。

一些不满刘禹锡政见的朝中大臣，竟然从他的诗中罗织罪名，说花是指朝中的新贵，而看花诸君子则是讽刺权贵门下的势利小人。皇帝听此谗言大怒，把刘禹锡贬官流放。

后来，刘禹锡终于被调回京师。他再次到玄都观游历，却发现此地已是面目全非，于是写了《再游玄都观》以抒发感慨。诗云：

百亩庭中半是苔，桃花净尽菜花开。
种桃道士归何处，前度刘郎今又来。

然而，此诗亦被指讽刺朝廷，刘禹锡因此再遭贬官。

让我听听他又在说些什么大逆不道的话！

古有孟母三迁，今有"被三迁"的刘禹锡

唐朝著名诗人刘禹锡为人乐观，为官期间时运不济，多次被贬，可他并不沮丧，志向依旧。

据说，刘禹锡被贬和州时，当时的知县是个势利小人，故意安排他住在临江的**狭窄房子**。刘禹锡对此不仅没有生气，还苦中作乐，在门口题了副对联："面对大江观白帆，身在和州思争辩。"

知县知道后很生气，要他搬入**更小的房子**。刘禹锡一见附近有一排排的杨柳树，又在门口贴副对联："杨柳青青江水边，人在历阳心在京。"

于是，知县狠下心，让他搬到一间只有一床、一桌、一椅的**陋室**。

没想到，刘禹锡依然故我，还写下了名扬千古的《陋室铭》，并请人将之刻于石头上，立于门前。一句"斯是陋室，惟吾德馨"，既写出了现实的艰苦，又写出了他的品格高贵。

知县知道后，气得七窍生烟，却又无计可施。

铭室陋

德行有失的
蔡京

　　蔡京是北宋时期的官员，曾经先后**四度为相**，共达**十七年**之久。他在年轻时博览百家书法，又曾钻研过著名书法家的风格，如王羲之父子、欧阳询等，终于创出自己的流派。

　　在后世所说的书法家**"宋四家"**中，蔡京"曾经"也占一席位。为何是曾经呢？原来，史家认为此君人品不佳，不够资格名列于上，就把他除去了。那蔡京到底做了什么十恶不赦的事呢？

　　蔡京四度为相，固然有其过人之处，可惜只用在勾结朋党和聚敛财富上。为了巴结宋徽宗，他大兴花石纲，一来为得到宋徽宗的宠信，二来借此搜刮钱财，用以勾结朋党，巩固自己的地位。他的所作所为使他被称为**"六贼"**之首，遭天下人唾弃。蔡京到晚年被贬时，沿路商贩无人肯出售食物给他，最后在潭州饿死。

　　虽然蔡京在书法方面有很高的天赋，但他的行为使他名誉扫地，所以，大家努力读书的同时，也要注重自己的品德修养，不要像蔡京一样！

一方石碑
记载荣与辱！

话说宋徽宗在位之时，宰相**蔡京**为了自己把持朝政，将元祐年间反对他的大臣贬称"元祐奸党"，并向徽宗提议刻字立碑于端礼门"以示后世"，此碑名为**"元祐党籍碑"**。

"奸党"包括司马光、文彦博、吕公著、梁焘……当然，还包括苏轼等人在内，共三百零九人。御旨碑上列名者，轻则永不录用或贬放远地，重则关押。

立碑之后的**第二年**，朝野反对甚烈，徽宗无奈将石碑毁去。但也有一种说法，说是此碑突遭电击，破而为二，被认为是上天降怒，徽宗大惧，乃派人毁坏。

宋高宗登位后，为元祐党人平反，这些官员陆续被追谥或恢复官职。被迫害的元祐党人及其后裔沉冤得雪，当年被列为元祐党人的梁焘之曾孙**梁律**，根据家藏拓本，重新刻制"元祐党籍碑"，以纪念元祐党人。

一方石碑荣与辱，笑看历史兴与替。

> 我的名字在哪儿呢？

呕心沥血的千古巨著——
《资治通鉴》

　　《资治通鉴》为中国第一部编年体（以历史事件发生的时间为顺序来编撰、记述历史的方式）通史，内容涵盖政治、军事、经济、文化等，是古代君主的必读史书，可以借鉴各朝的兴衰变迁，汲取经验用于治国。

　　这部千古巨著由北宋政治家、史学家司马光主持编写而成。他研读许多历史著作后，发现记载的内容欠完善，于是亲自撰写《通志》。

　　宋英宗非常欣赏他，不但让他在宫内藏书阁饱览秘籍，还亲选著名的史学家刘恕、范祖禹等当其助手。宋神宗即位后，把《通志》改名为《资治通鉴》。"通"是从古到今，"鉴"为镜子，含有警戒和教训的意思，即"鉴于往事，有资于治道"。

　　《资治通鉴》共花了十九年才完成，所记载的历史横跨十六个朝代。据说，仅是初稿就堆满了两间屋子。司马光在编纂过程中，极为一丝不苟。他为《资治通鉴》耗尽毕生精力，书成两年后逝世，终年六十七岁。

经历国破家亡的第一位
女词人——李清照

谈起宋词，不得不提著名女词人**李清照**。李清照出生于书香世家，父亲**李格非**精通经史，长于散文，母亲王氏也通晓诗书。由于家学渊源，李清照小小年纪便已文采出众，不仅如此，她还工于书法及绘画，堪称一代才女。

李清照十八岁时，与赵挺之之子**赵明诚**结婚，两人志同道合，喜欢以诗词唱和。本来婚后生活恩爱美满，可是好景不长，**靖康之变**后，她与赵明诚避乱江南，不久丈夫死于建康（即南京）。

自此，李清照独身漂泊江南，在孤苦凄凉中度过了晚年。由于经历国破、家亡、夫亡的伤痛，李清照所作词章在感怀旧时光、悲叹身世的同时，也流露出**爱国思想**以及**对中原的怀念**。

我真是世界上最不幸的美少女！

惹出文学官司的名篇——
《满江红》

《满江红》
作者在这里!

岳飞文武兼备，在戎马征战的生涯中，写下了许多抒发情怀的作品。其中，《满江红》被公认是一首绝妙的词，早已脍炙人口。

但近代有学者质疑此词并非出自岳飞之手，并且由此引起了一场"文学官司"。

为什么有人认为《满江红》非岳飞所作？其主要原因是，这首词未被宋人、元人记载，可是突然出现在明代中叶徐阶所编的《岳武穆遗文》中，来历不明，甚为可疑。况且，岳飞的孙子岳珂为了替岳飞辩冤，搜集祖父遗稿，花了逾三十年所编的《金佗粹编·家集》竟未收入此词。可能此词确非岳飞所作。

有人说在岳飞遇害后，后人怕犯忌或祸连自身，将其著述毁弃，因而令大量文稿散佚；也有人说岳飞冤狱获得平反已是多年之后，虽然经岳霖、岳珂两代人的努力，但未能将岳飞全部遗文收集完，也是在所难免的事。

此外，词中"踏破贺兰山阙"一句的贺兰山在南宋时期属西夏，非金国之地。不过，词中又确实用了不少岳飞的事迹和典故，如"三十功名""八千里路云和月"等。

若真是他人的伪作，这位"无名枪手"写出如此好词而不留名，真是利人不利己啊！

齐白石的待客糕点
碰不得！

　　近现代著名画家齐白石有一个怪癖，那就是他很喜欢拿糕点招待客人。但是，他的糕点是不能吃的！

　　话说黄永玉在李可染的引荐下拜见齐白石。在去齐家的路上，李可染提醒黄永玉，记得不要吃齐白石送的糕点。黄永玉不明所以。等到了齐白石家后，看见齐白石从柜子里取出的月饼里头竟然有细小的东西在蠕动，他突然就明白了李可染为何提醒他不要吃糕点。其实，齐白石并非故意的，只不过他过于珍惜，导致食物放得太久变坏了都不知道。

　　那么，齐白石是不是**过于节俭**，甚至**吝啬**呢？据齐白石的弟子许麟庐回忆。齐白石到他家做客那天，他的儿子刚巧出生。齐白石很是高兴，马上送他十块钱，说是给孩子的见面礼。要知道，当时一克黄金也不过三四块钱，十块钱已称得上是巨款了。可见齐白石是**对自己节俭**，但对他人却十分大方！

但是，齐白石对求画的人，态度又截然不同。如果人家要他画虾，那价钱可是逐只计算的。有一次，有人请他在画上多加一只虾。齐白石虽然答应，但是多画的那只毫无生气。那人向齐白石问个究竟，齐白石说："这只不算钱的，是只死虾。"

　　齐白石爱财，但他**取之有道**，不会因钱财而出卖人格。抗战时期，北平伪政府不时加以拉拢，请他参加盛典，他都一概拒绝。为了不再与他们纠缠，齐白石直接在门口贴一张告示："白石老人心病复发，停止见客。"可是，迫于生计，他还要继续卖画，所以他又贴上告示："画不卖予官家，窃恐不祥。"当时在北平（即北京），很多人都佩服齐白石这种不屈的精神。

我要波士顿龙虾！！！

胡适也 "胡说"？

胡适，著名思想家、文学家，提倡以白话文写作，是**新文化运动**的领导人之一。胡适还曾任**北京大学**的校长。胡适一生中有很多趣事，其中一件就是他的"胡说"。

胡适能说会道，喜欢发表演说。在北京大学任教时，胡适经常在红楼外演说，甚至上课时，一说起来就滔滔不绝，甚至偏离课题。有一次，他应邀到某所大学演讲。胡适很喜欢引用名人的话，每说一个人，就在黑板上写上名字。例如，用了孔子的话，就写上"孔说"；用了孙中山先生的话，就是"孙说"。到了最后，他用自己的话总结时，引起了哄堂大笑。原来，他在黑板上写上了"胡说"。

胡适还很喜欢做媒，**沈从文夫妻**就是其中的一对。当时，沈从文在胡适的办公室见到了张兆和，便心生爱意。后来，沈从文给她写了很多情书。张兆和不胜其烦，便向当时的校长胡适投诉。胡适不仅不怪沈从文，反而撮合他们。最后，两人走到一起，胡适很是开心！

代父做"枪手"的
钱锺书

你有空做我的"枪手"吗？

说起钱锺书，大多数人首先想到的可能是他的小说《围城》。这是钱锺书最有名的作品，不但在中国家喻户晓，还有英、法、日、德、俄等各种译本。钱锺书博学多才，精通各国语言。钱锺书之所以能成才，离不开他的父亲——**钱基博**的严厉管教。他的父亲是**清华大学**的国文教授，自小就对他的要求很高。

钱锺书小时候被过继到**伯父**家，他的伯父对他不是很严格，他的学业马马虎虎，生活也没有规律。钱锺书的父亲知道后，便狠狠地骂了他一顿，并督促他学习。

转眼由童年长至青少年，钱锺书的学问进步了，甚至不时为父亲代写书信。有一次，有人请父亲为钱穆的《国学概论》写序。钱基博便将这份重任交给了钱锺书。钱基博阅毕后，一字不改就交稿了。令人惊讶的是，《国学概论》出版后，没有一个人发现那是一个二十岁的年轻人代写的。

我要去谈恋爱，你帮我完成论文！

张爱玲的第一笔稿费

大家都认识的才女**张爱玲**在中学时代已在校刊发表文章，中学毕业后，更是把小说投稿到当时的刊物。但大家或许想不到的是，张爱玲的第一笔稿费并非来自其文学作品。

原来，张爱玲生平第一次赚取稿费，是画了一张漫画刊到英文的《**大美晚报**》上，当时报馆给了她**五块钱**。

尽管她的母亲认为应该把这五块钱留着做个纪念，但张爱玲却另有打算，她用稿费奖励了自己，买了一支唇膏。她在自己的作品《童言无忌》中，就因为这件事说过："对于我，钱就是钱，可以买到各种我所要的东西。"

张爱玲不仅在文学上有成就，在绘画上也有天赋。她在香港大学求学时画了不少画。有时候，她还会给自己的作品配插图，甚至连封面也是自己设计。

怪不得，当年的《紫罗兰》主编周瘦鹃称赞她："不仅英文高明，而画笔也十分生动，不由得深深地佩服她的天才。"

沈从文不值四毛钱？
"半个教授"与沈从文

学术大师**刘文典**知识渊博，但为人恃才傲物，向来瞧不起创作新文学的作家。据说有一次，有人问他知不知道当时声名鹊起的**巴金**。他沉思一会，说道："我没听说过他。"

又据说，**沈从文**因对新文学的贡献而被擢升为教授时，刘文典却不赞同："在西南联大（国立西南联合大学，抗日战争时期因战争而临时组成的联合大学），陈寅恪才是真正的教授，他该拿四百块钱，我该拿四十块，朱自清可拿四块，但我绝不会给沈从文**四毛钱**！如果他这样的都能成为教授，那我是什么？太上教授吗？"

虽然刘文典为人狂傲，但他对学问比自己高的人可是真心拜服。比如，对精通十四种语言的**陈寅恪**就很敬服，他公开盛赞陈寅恪的人格、学问，并十分坦诚地承认学问不如这位大师。他还宣称："西南联大只有三个教授——陈寅恪、冯友兰，我和唐兰各算**半个**。"

小剧场4
洛阳纸贵

晋朝时的著名文学家左思，年幼时非常顽皮，不爱读书。

左翁不必担心，小左思非常聪明的……

懒散不好学，聪明又有什么用？

父亲说得对，我要发奋！

长大后的左思虽然相貌平庸，口才欠佳，但勤奋念书，已能写出一手好文章。并且，他决心要写一篇旷古烁今、描写三国时代的作品。

为了搜集资料，他迁到京城洛阳，还亲身到三国时的战场实地考察。

如此经过了十年……

我的《三都赋》终于完成了！

可是，当时有些文人看不起他，对他冷嘲热讽。

左思没有气馁，将文章送交当时的名士评阅……

得到名士们的品评称赞后，洛阳人纷纷买纸传抄。

洛阳纸庄

洛阳的纸张，都因为抄你的《三都赋》而缺货，一下子涨价了！

你成功了，开心吗？

开心什么？！纸庄发财与我无关，而且全部都是盗版的，我没有半分钱的版税！

第五篇

琴棋书画、酒与文学

屈原也爱美?
爱照镜子的屈原!

轮到我没有?

屈原，爱国诗人，楚国贵族，官至三闾大夫（楚国特设的官职，执掌祭祀及楚国贵族事务的闲差）。他一向主张任用贤能，革新政治，建议联合齐国以对抗秦国，但他不受朝廷重用，惨遭放逐。后秦军灭楚，屈原投汨罗江自尽殉国。

据说，屈原幼时喜欢在水缸前照自己的样子，认为这样可以照到内心是否洁净。家人见此，都笑他太女孩子气。屈原遂上山找一块湿地，动手挖井，井成，涌出清凉洁净的泉水。于是，他每天清早到井前来照自己的面容，检查自己的心灵是否沾上尘埃。

乡亲们知道后，也学他到井边来照一照自己的身影，想一想自己的举止行为有何不当之处。

据传闻，心地善良的人愈照愈美，而内心丑恶的人站在井边，井水会涌出一股浊流，什么也看不见。

意外就是意料之外！
"飞白书"诞生

蔡邕是东汉时期著名的书法家，工于隶书，他是曾盛极一时的"飞白书"的创始人。

据说，"飞白书"的创作来自蔡邕的一次意外。有一次，蔡邕奉皇帝命作《圣皇篇》，完成后，他亲自送到皇宫图书馆——鸿都门。正巧这天鸿都门进行修葺，大门紧闭，工匠正用扫把蘸石灰水要为墙壁上色，弄得墙壁黑一片白一片的。

蔡邕看着墙壁若有所思，突然灵光一闪，扭头便往回跑，跑回家将竹子劈成细条，照着扫把的模样绑起来，提"笔"就写。写出来的字，笔画丝丝露白，就像用枯笔写字一样。几番尝试以后，蔡邕终于创出这种特别的"飞白书"。后来，"飞白书"十分盛行，王宫中许多牌匾皆是用"飞白书"写成的。

这一竖写得好，写得妙！

陶渊明归隐后最放不下的，
只是一池酒！

陶渊明归隐后与世无争，他对吃的、穿的、用的什么都无所谓，唯一的嗜好是**喝酒**，而**王弘**与陶渊明的结识也与酒有关。王弘还曾作了一首诗："陶醉东篱问五柳，潜藏南山弃五斗。渊深千尺何足用，明晨只盼一池酒。"借此来调侃陶渊明爱喝酒的程度！

王弘与陶渊明到底是如何认识的呢？话说，当时还是江州刺史的王弘很想结识陶渊明，但陶渊明对当官的不感兴趣，总是不肯赴会，即使王弘亲自登门，他也托辞有病，**闭门谢客**。

于是，王弘想出一计，就是待陶渊明出门时，暗中请彼此的朋友带着酒菜于半途恭候。这时王弘再假装路过，碰巧与他相遇，就可趁机由彼此的朋友留下寒暄，这便成了他们相识的契机。

不久后，恰逢重阳佳节，陶渊明酒瘾上来，却苦于没钱买酒。正当他坐在屋子的篱笆旁惆怅时，看见一名身穿白衣的人带着酒前来。原来此人是王弘派来送酒的人。陶渊明见酒大喜，十分感谢王弘，二人这才真正成了朋友。这件事后来还被引申为成语**"白衣送酒"**呢！

我没醉！我能走直线的！

千金才能买
王勃一个字？

王勃，唐朝著名诗人，自幼聪颖好学，六岁能作诗，未冠（冠礼，为男子举行的成年礼）已科举及第，连唐高宗也称他为奇才。可王勃仕途并不顺利，为官几年多次被贬，最后溺水而死时仅**二十五岁**。

王勃在去世前一年南下探望父亲时，路过滕王阁，正巧当地都督阎公大摆宴席庆祝滕王阁落成，又邀请宾客为滕王阁作序，王勃就此写下其代表作《滕王阁序》，还写了一首序诗：

> 闲云潭影日悠悠，物换星移几度秋。
> 阁中帝子今何在？槛外长江　自流。

他故意在最后一句留空了一个字就离开了。众人纷纷猜测，有人猜是"水"字，有人则认为是"独"字。

阎公遂派人去驿馆追问王勃。王勃的随从道："我家主人说一字值千金，已经不能再多写了。"

阎公于是准备了千两银子，亲自去向王勃请教。王勃这才从容说道："我不是已把所有字都写出来了吗？那是'空'字，'槛外长江空自流'嘛！"大家听了才恍然大悟。

王勃才华确是一绝，可惜英年早逝，传世作品不多。然而，寥寥几篇已使其名留青史了。

陈子昂
一朝成名靠破坏？

陈子昂，字伯玉，出身于富裕家庭，早年并不好学，到十八岁才发奋读书，二十四岁举进士。短短几年就能够中举，可以说是聪明绝顶，才华横溢，但是其仕途并非一帆风顺，他曾**两次落第**，一直默默无闻。为了出人头地，他做出了惊人之举，也就是著名的**"伯玉毁琴"**。

话说，陈子昂第二次落第后，苦于无成名机会。一天，他在市集看到有人索价百万出售**古琴**，便立即以重金买下，又邀请围观的群众明天到家中听他弹奏。市集众人大惊，心想此人以重金买琴，必是琴艺高超！

翌日，众人带着期待云集陈家，陈子昂以酒菜招待。吃过佳肴过后，大家都以为陈子昂要展示他的琴艺，岂料他说："蜀人陈子昂，有文百轴，驰走京毂，碌碌尘土，不为人知。此乐贱工之役，岂宜留心？"说完，当场把琴**毁掉**，转而派发自己的**诗文**，众人大惊，但读过陈子昂的诗文以后，无不赞叹他的才华。陈子昂的大名就此传遍京城，一时无人不识。

破解画中的音乐密码！
见图知音的王维

王维，唐朝著名诗人，从小就聪颖过人。他除了在诗词上有很高的造诣外，在音律方面的实力也不容忽视。王维约三十岁中状元，被委派任**太乐丞**，专职负责礼乐方面的事宜。

关于王维音律造诣的传说有很多，有说王维应京兆府试的时候，以自创的一支琵琶曲《郁轮袍》应试，得到公主青睐。当时，他年仅十九岁，却能独占鳌头。

另外，于《唐国史补》中有记载。有一次，王维在洛阳做客，看到一幅大家都不知道题名的按乐图，然后情不自禁地笑起来，指着画说："这是《霓裳羽衣曲》奏到第三叠第一拍时的情景。" 大家对他的话半信半疑，于是主人召集乐工演奏《霓裳羽衣曲》。当奏到第三叠第一拍时，乐工的动作和神情果然与画中情景一样，众人这才口服心服。

虽然经考证，有说此篇是误传，因为《霓裳羽衣曲》的第三叠并没有拍，只是散曲，但无论如何，王维工于音律这是毫无疑问的事实。至于《唐国史补》中的记载，就权当是时人崇拜王维的表现吧，这也反映了当时王维的知名度。

为了一首歌终身不写作！
王之涣的最大赌注！

王之涣，唐朝著名诗人，现存的诗篇虽只有六篇，但篇篇皆为精品，一首《登鹳雀楼》更是广为传颂。据说，王之涣在为官期间遭人诬陷，他一怒之下辞官而去，可见其铮铮傲骨。

王之涣与王昌龄、高适齐名，三人常结伴到处郊游。唐玄宗开元年间，三人闲居长安，相约到旗亭宴饮。当时，正好有多位伶官和歌伎也在此会宴中。歌伎轮流演唱当时有名的诗词，第一位唱的便是王昌龄的诗，第二位唱的则是高适的诗。

一番演唱下来都快结束了，竟还未有人唱王之涣的诗，他说："这几位只是普通的歌伎罢了。若接下来的那位年轻貌美的歌伎也没有唱我的诗，那我便终身不再与你们二位争了。"

再不唱他的曲词就要翻桌子了！

等到那位年轻貌美的歌伎献艺时，果真唱出了王之涣的诗——《凉州词》，三人不禁开怀人笑。出此可见，当时三位诗人的诗名之盛，而王之涣的这首《凉州词》更是不同凡响。民初著名学者章太炎将《凉州词》更是推为绝句之最！

毁掉《兰亭序》真迹的
嫌疑犯！

这些字画正好用来做火把！

中国古代皇帝在世时总会为自己寻觅一处风水绝佳的陵寝，等到死后安眠于此。作为一国之主，陵寝内定有大量的**陪葬品**，以象征其高贵的身份，这些配葬品当中不乏名贵的画作。挖掘这些陵寝，不但是考古学家的研究课题，更是盗墓者的梦想。

唐朝二十一位皇帝，其中九位皇帝的陵寝位于汉陵以北的北山山脉一带，统称为**"关中十八陵"**（武则天与李治合葬于乾陵）。然而，这十八座陵寝有十七座都被五代时梁国节度使**温韬**盗挖了，使得大量的珍贵文物被毁掉了。

传说唐太宗死后，将大量名家真迹书画作为陪葬品带进了昭陵，其中就包括王羲之的**《兰亭序》**。后来，温韬挖开了昭陵，将陪葬宝物和大批书画盗去。可在温韬记录的宝物中，却没有《兰亭序》的身影。有史学家估计温韬看上的不是那些独一无二的真迹作品，而是装裱其上的华美绸缎，可能命人撕毁了画作留下了绸缎。

要是如此，《兰亭序》的真迹可能就在这"浩劫"中被毁，从此消失于人间了。但是，也有史学家说，《兰亭序》可能在武则天的乾陵中，究竟真相如何，尚待考古学家发掘。

最有破坏力的字体——
"亡国体"

宋徽宗赵佶有很高的艺术天赋，幼年即对诗词、书法、绘画、音乐、戏曲等有浓厚的兴趣，在书画方面尤其用功。

因徽宗酷爱书画，他在位期间书画家的地位得到了很大的提升，不仅如此，他还设立了翰林书画院。在科举考试中，画被作为考核内容之一，每年都会以诗词作题目考核，如著名的"深山藏古寺"画题，当年得第一名的画，连寺庙屋角也没见半边，只在山峰之间画了一个挑水和尚，正向深山里走去。这些题材大大刺激了中国水墨画意境的进步。

这位喜爱绘画的皇帝，于书法更有心得，还自创"瘦金体"。"瘦金体"与唐楷、晋楷等传统书体区别较大，个性强烈，可算是书法史上一个重大的突破。他留下的墨迹中，最经典的是《秾芳诗帖》，那是一件横幅作品，字大近五寸，全诗如下：

秾芳依翠萼，焕烂一庭中。
零露沾如醉，残霞照似融。
丹青难下笔，造化独留功。
舞蝶迷香径，翩翩逐晚风。

虽然徽宗在艺术上的造诣很高，但他的治国之道让人不敢恭维。他在位期间，重用蔡京为相，搞得朝纲败坏，生活奢华，百姓怨声载道。又因好大喜功，联合金国伐辽国，不料竟是与虎谋皮，金灭辽后大举攻宋，徽宗与儿子钦宗沦为俘虏，北宋就此灭亡。

元朝中书右丞相脱脱帖木儿所主编的《宋史·本纪·徽宗》中有这样的评语："（宋徽宗）诸事皆能，**独不能为君**耳！"

因着宋徽宗如此"彪炳"的政绩，他所创的"瘦金体"也被后人戏称为**"亡国体"**。

皇上还在写书法？金人打进来了！不如写降书吧！

一图两地的
《富春山居图》

　　《富春山居图》是元代书画家、被誉为"元四家"之首的**黄公望**用了三年时间才完成的水墨画。此画描绘了富春江一带的秋天景色，是黄公望的巅峰之作。此画完成后，他把画送给了师弟**无用师**，并于题跋上说明。

　　要说明的是，这幅画被一分为二了，可好端端的一幅画，为何会一分为二呢？原来在无用师去世后，此画辗转到了不同收藏家的手上，后来为**吴问卿**珍藏。吴问卿临死前，竟然吩咐后人要把《富春山居图》烧掉作为陪葬。幸亏画卷被投进火炉时，他的侄儿急忙"抢救"，但可惜的是，画已经被烧掉了一部分，长卷一分为二。

　　从此，一半题有无用师的就被称为《无用师卷》，而另一半则称为《剩山图》，并由清代收藏家王廷宾写上吴问卿烧画的故事。

《无用师卷》在民间流落几百年后，被送入宫中，却被乾隆皇帝认为是赝品，置于宫中一角。到后来故宫迁移文物的时候，经徐邦达先生鉴定《无用师卷》为真迹，这才为其正名，后送至台北故宫博物院；而《剩山图》则一直在民间流转，后由近代画家吴湖帆收藏，并转赠浙江省博物馆，成为镇馆之宝。

　　《富春山居图》就此分处两地。时至2011年，《无用师卷》与《剩山图》终于在几百年后再次合体于台北故宫博物院一同展出。可惜展期结束，此画再次回归为"一图两地"。

"老头子"是恭维话?
且听纪晓岚的妙解!

纪晓岚经常恃才捉弄别人,他与**乾隆皇帝**关系匪浅,不过经常失言开罪乾隆,但他每次都可以凭借自己的才智化险为夷。

话说,纪晓岚在编写**《四库全书》**期间,因夏日天气炎热,常会"有失斯文"地脱衣纳凉。这件事传到了乾隆的耳中,乾隆就想着亲自去看看。

一般来说,皇帝莅临臣子家中都会事先有旨意,为的是让臣子准备妥当。可是,乾隆一心想求证纪晓岚是否真的"有失斯文",就挑了一个非常炎热的下午**直接登门**。此时,纪晓岚正光着膀子和几位同僚谈笑甚欢,众人骤见皇帝驾到,急忙下跪请安。纪晓岚要穿衣已来不及,不得已只能钻到桌下躲避。

乾隆坐在桌前,一坐就是两个时辰,纪晓岚酷热难当,便偷偷伸出头来小声问同僚:"老头子走了没有?"乾隆听见,不怒反笑道:"大胆纪晓岚!为何称朕为**老头子**啊?你要是解不出来是何缘由就是死罪!"纪晓岚尴尬地说:"臣还没有穿衣服。"

于是,乾隆命太监为他穿好衣服,又厉声质问,纪晓岚从容地磕头道:"皇上万寿无疆为老,顶天立地、至高无上为头,父天母地以为子,实乃大恭敬之称啊!"乾隆听罢,甚为欢喜,赦免了他的罪。纪晓岚如此才能,实在是令人佩服啊!

把人吓得半死的贺寿诗——
纪晓岚的得意之作

民间关于纪晓岚的趣事可真不少。

话说，有一次赵翰林的太夫人八十大寿，请纪晓岚去赴宴。赵家宾客众多，而且都是些达官贵人，赵翰林见纪晓岚来到，就邀他为太夫人写一首贺寿诗。纪晓岚原本以自己只会开些没大没小的玩笑为由，想推辞，但赵翰林一味邀请，甚是坚持。

纪晓岚见推辞不了，想了想，便提笔写下"这个婆娘不是人"，赵翰林一见面露愠色，但碍于宾客，又不好发作。正不知如何是好之际，纪晓岚写下第二句"九天仙女下凡尘"，围观的宾客见状纷纷赞好，赵翰林这才面色缓和，松了一口气。

可纪晓岚接着就是一句"生下孩子去做贼"，赵翰林勃然大怒，周围宾客也不知所措。就在此时，纪晓岚不慌不忙写下最后一句"偷得蟠桃献母亲"。这下，赵翰林心里是又气又恼，可他不好发作，唯有赔笑拍掌，宾客也都被纪晓岚吓出一身冷汗。

在大寿时捉弄别人固然不好，但用一首诗就把在场宾客玩弄于手心，实在是既高明又大胆！

這個婆娘不是人

小巫见大巫

三国时代，张纮和陈琳是同乡好友，两人才高八斗，彼此惺惺相惜，互相仰慕。

陈兄才华横溢，文采出众，你的作品一定全城轰动啊！

客气客气！我的拙作怎可跟张兄的媲美呢？

某天，陈琳收到了张纮的新作。

真是一首好词，独乐乐不如众乐乐，就请各方好友一起欣赏吧！

有一天，陈琳在家中宴请宾客，特地拿出张纮的作品让宾客传阅欣赏……

写得多么脱俗清新！你们知道吗？这是张纮写的……

过了不久，张纮也收到了陈琳的新作。

哈哈！陈兄今次一口气完成了《武库赋》和《应机论》两篇新作，不愧是才子啊！

张纮看到陈琳的《武库赋》和《应机论》后，觉得文辞清新、见解独到，立即击掌叫好。

张纮还马上写信给陈琳，对他的新作大加赞赏。

陈琳看信后非常感慨。

我在北方生活，甚少有机会跟天下文人学士交流，而这里懂得写文章的人不多，相对来说，就比较容易冒出头来。

看过张兄早前的作品后，我发现我的才学跟他相比，实在是差距甚大，好像小巫师遇上大巫师，无法施展法术！

对对对……就好像现在的情况一样，你这小巫，遇着我这大巫！

耶！我又踢进一球啦！现在是十比零！

GOAL

人家根本不懂打电视游戏嘛！

第六篇

来接受挑战吧，
Q小子考考你！

文学之最之
最早的文字！

　　中国的文字是历史上最古老的文字之一，在出土的陶器上，可以见到几十种具有中国文字笔画形象的符号，这应该是原始文字。据说，文字是由黄帝的大臣**仓颉**发明出来的。

　　到了殷商时期，出现了一种刻在龟甲和兽骨上的文字，即**甲骨文**。最早出土于安阳市殷墟的甲骨文已具备了汉字结构的基本形式，是一种发展较为成熟的文字。

　　后来，出现了一种刻铸在钟、鼎等物器上的文字，即金文，也叫"**钟鼎文**"。金文的内容多为祭典、征战、契约等。现出土的金文钟鼎多为周代所制，金文成了周代文字的代称。

　　周代的金文脱胎于甲骨文，与甲骨文有相同的体系，皆以**象形**为基础。但金文字体较甲骨文定型，而且逐渐走向规范，比甲骨文更为成熟，可以灵活自如地表达思想、描绘事物。

我有这么难看吗？

文学之最之
最早的回文诗！

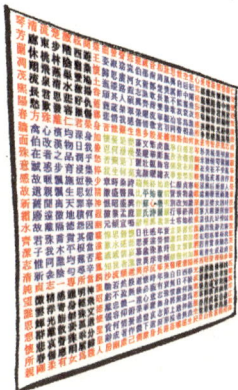

什么叫回文诗呢？所谓回文诗，是一种汉语特有的、有趣的文学作品，就是根据特定的规律，**回环往复**都可以读成诗。

有人说，历史上第一首回文诗是苏伯玉妻子所写的《**盘中诗**》。她将诗写在一个大盘子上，可以从中间开始一直向外面绕着圈读。但是，又有人说，这首诗不符合回文诗回环往复的规律，所以先秦苏若兰的《璇玑图》才是第一首回文诗。

据说，苏若兰忌妒夫君的一个宠妾，和夫君吵架后，夫君带着宠妾到襄阳做官，渐渐跟她断了音讯。**苏若兰**很后悔，所以织了一块五色锦缎，锦上有回文诗，这便是有名的《**璇玑图**》。最神奇的是，《璇玑图》八百多字，无论怎么读，都可以成为一首诗，据说已解读的有四千二百零六首！

这么有趣的《璇玑图》，你也可以来试着读一下，说不定第**四千二百零七**首的解读方法就由你发现呢！

文学之最之

最早的毛笔！

在大多数人的认知中，毛笔的发明人是秦朝的大将军**蒙恬**。然而，经过考古发现，毛笔的出现其实早于秦朝。

如果是这样的话，那蒙恬发明毛笔的说法是误传吗？其实并不是这样，因为蒙恬是现代毛笔的**发明人**。

根据考古学家在古墓里发现的**战国时期**的毛笔来判断，当时的毛笔是把毛捆在木杆上，而非把毛套在木杆里面，这种毛笔更像是兽毛刷而非毛笔。不过不可否认的是，这的确是毛笔的雏形。

据说蒙恬出征在外，经常要传讯回咸阳。可是有时候遇到战况紧急，传讯书信就要花费很长时间，因为当时的篆刻竹简实在是太慢、太繁复了。有一次，蒙恬见匈奴人以兽毛蘸颜料画图，便模仿其做法，把兽毛套在竹管里面写字，于是就有了现代毛笔的雏形。

此后数千年，毛笔的基本做法依然没有太大的改变。湖北省古墓出土的秦朝毛笔和现在的毛笔，无论是长度还是外观都大体相同。

更有趣的是，由秦朝统一的文字——**小篆**，其笔画婉转曲折，硬笔难以写出其效果。所以有这么一种说法，小篆是配合毛笔书写的字体。由此可见，毛笔对于文字发展所带来的影响是巨大的。

文学之最之
最多被改编的唐诗！

　　杜牧的诗作《清明》，是儿童刚开始学习中国文学必读的一首诗，诗中虽描绘的是一幅风景画，可字句又如故事一般，场景、人物、事件均有。原文为七言诗，共二十八字，可有人看着看着，觉得不够精简，就试着每句减少字数。

　　后来《清明》就被不断修改，或改成**三言诗**，或改成**五言诗**，甚至被改成**词**！让我们一起来看看：

三字诗：

清明节，雨纷纷；路上人，欲断魂。
问酒家，何处有？牧童指，杏花村。

五言诗：

清明雨纷纷，行人欲断魂。
酒家何处有，遥指杏花村。

清明词：

清明时节雨，纷纷路上行人，欲断魂。借问酒家何处？有牧童，遥指杏花村。

　　虽是修改出的形式不同，可也不失原意，由此可见杜牧下笔用字的心思。你也来试试看，你能不能把这首《清明》改头换面？

文学之最之
最喜欢饮酒的文人！

古时文人都有诸多合称，比如说到饮酒，就一定会说到**"饮中八仙"**。那么，"饮中八仙"到底是哪"八仙"呢？他们分别是贺知章、李琎、李适之、崔宗之、苏晋、李白、张旭和焦遂。

可是这么多人，谁才是"八仙"之首呢？这就要说起"饮中八仙"的缘由了。

杜甫曾作**《饮中八仙歌》**，将唐朝好酒的八位名士放在一首诗歌里。由于当中以贺知章最年长，故放在第一。

贺知章是盛唐时期诗人，可惜作品大多散佚，现仅存诗约二十首。不仅如此，贺知章还是书法家，尤其擅长草隶。

《饮中八仙歌》开首就写"知章骑马似乘船，眼花落井水底眠"，这两句是说贺知章喝醉酒骑马时摇摇晃晃，像乘船一样；又道他喝醉了酒掉进井里，别人醉酒被水一泼，皆会有三分醒，贺知章倒好，整个人都泡在水里了，竟然还能睡得着。说不定他以为自己泡在酒池里面呢！

话说，当初贺知章和李白初见，便一见如故提议着去喝酒，可进了酒馆才发现没带钱。于是，贺知章想也没想就解下腰间用作识别官员的金龟来换酒。为了喝酒，贺知章将所有事都抛到脑后，看来这"饮中八仙"之首也非他莫属了。

词语题：
"衣冠禽兽" 是褒是贬？

　　"衣冠禽兽"一词来源于明朝官员的服饰。

　　明朝时，文官的官服上都绣仙鹤、孔雀等吉祥**禽鸟**的图案；而武官的官服则绣**猛兽**，如狮、虎等。

　　所以，当时能在衣服上冠有禽兽的人，都是**朝中官员，**是令人羡慕、尊敬的。然而，明末官场严重腐败，出现了文官不谏、武官不战的局面，引得民间怨声载道，文武百官也从以前的备受尊敬变成了众人揶揄为披着官服的**伪君子**。

　　于是，"衣冠禽兽"一词就含有贬义了，后来更是演变成一句骂人的话。现在，我们看到的《现代汉语词典》里所载的衣冠禽兽的意思是，穿戴着衣帽的禽兽，指行为卑劣，如同禽兽的人。由此可见，"衣冠禽兽"一词的意思与明代的起源已相去甚远了，所以不要自作聪明地用衣冠禽兽来"称赞"别人啊！

你真是个衣冠禽兽的大好人！

词语题：
"道德"还是"德道"？

道德

左边读过去还是右边读过去？

"道德"这个词可以追溯到老子的《道德经》一书，简单来说，《道德经》分上篇《道经》和下篇《德经》，故合称《道德经》。

但意外的是，从考古发掘的马王堆汉墓出土的帛书中发现，竟是《德经》在前，《道经》在后！如此一来，《道德经》应称为《德道经》才对！而以前在敦煌藏经洞中发现的《道德经》抄本，也多是以《德经》为上卷，《道经》为下卷的。

另外，近年来发现的汉文帝十二年（公元前168年）的抄本，似可断言"德""道"这个排列才是老子的原意。

不过要不要"必也正名乎"，还是留待学者们研究好了，我们还是先多多注意自己的行为举止是不是合乎道德规范吧！

词语题：文天祥说的
"照汗青" 是什么意思？

文天祥，南宋政治家、爱国诗人。他坚持抗元，又因势单力薄，败退广东。后来，**文天祥**遭元军突袭，兵败被俘，降元的金国人**张弘范**来劝他归顺，文天祥坚决拒绝，并将自己所写的《**过零丁洋**》抄录给对方。当张弘范读到"人生自古谁无死，留取丹心照汗青"两句时非常感动，于是不再强逼文天祥归降。

"丹心"指的是忠诚的心。古代用竹简写字前，会先用火烤干竹简中的水分，这是为了竹简干后易写而且不受虫蛀，所以称之为**"汗青"**，后引申为书册。全句写出了文天祥对朝廷的赤诚之心。

南宋灭亡后，张弘范把文天祥押送到了元大都。文天祥在元大都被拘押三年，元世祖忽必烈屡劝其降，文天祥宁死不屈，最终被杀害。

地方题：
破解桃花源分身术！

我带你去！

桃花源

你有读过陶渊明的《桃花源记》吗？有学者认为它是陶渊明的少年之作，然而更多学者认为这是其晚年文章，意在批评时局，通过记述"避秦""隐居"来表达对"桃花源"这个世外桃源的向往。

人世间真有如此美妙的桃花源吗？其实，在神州大地以"桃花源"为名的地方竟然还不少呢！比如，湖南常德、湖北十堰等，可是这些地方是否真的有桃花源呢？其实，也没有明确的说法，很可能只是冠名"桃花源"来促进本地旅游的穿凿附会之作。

只有一个地方，说来还有点意思，就是位于湖南常德的桃花源。首先，那位发现桃花源的武陵人，据地方志《武陵记》记载，当地确实有一位名叫黄道真的渔人无意中发现了一个桃花源。其次，武陵位于湖南沅江下游近河口段，下辖桃源等六个县。最后，《中国名胜词典》中也有说明，桃花源在桃源县城西南的沅江水溪附近。

这样说来，桃花源应在武陵附近。可这个桃花源到底是不是陶渊明所写的桃花源呢？对此，也是众说纷纭。也许，陶渊明所谓的桃花源，其实是在每一个人的心中。

地方题：
黄鹤楼跟黄鹤有关吗?

黄鹤楼、岳阳楼和滕王阁并称**"江南三大名楼"**，唐朝崔颢的一首七律诗**《黄鹤楼》**，更是令黄鹤楼名扬四海。

那么黄鹤楼是缘何得名的呢?

传说，当年有位姓辛的人，在蛇山黄鹤几开**酒铺**，以卖酒维生。酒铺常有个破衣道士来讨酒菜，却从来分文不付。辛氏不但没有嫌弃，反而以好酒好菜相待。一年后，道士前来作临别道谢，随手从桌上捡起一块黄色橘皮，在壁上画了一只**黄鹤**。辛氏本来不以为意，谁知后来凡有客来，黄鹤必定翩翩起舞，悠然长鸣，从此酒铺宾客盈门。

十年后，那道士又回来了，见到酒铺生意兴隆，辛氏已成了小富翁，便拿起笛子吹奏一曲，召回壁上黄鹤，驾鹤飞去。辛氏为了纪念道士，特在蛇山之巅，面临长江的地方修建了一座楼，取名"黄鹤楼"。

地方题：杜牧诗中的 杏花村究竟在哪里？

"清明时节雨纷纷，路上行人欲断魂。借问酒家何处有？牧童遥指杏花村。"晚唐诗人杜牧的这首《清明》可谓是妇孺皆知，可是诗中的"杏花村"到底在哪里呢？

据称，与诗中有关的杏花村可能有二十多个！不过，对于这二十多个的说法谁也拿不出令人信服的证据。其中，大多数人支持的主张有以下几个：

一是山西汾阳县，它是最早注册"杏花村"商标的地方。汾阳城北有一杏花村，所产**汾酒**素有美誉。但杜牧的《清明》是在**晚年**落魄江南时所写，形容的又是江南雨景，似与汾阳不相干。

二是安徽贵池县，贵池城西南有个杏花村，也产名酒**"杏花大曲"**。但有人对此也有疑问，杜牧曾任贵池刺史，也来此地饮过酒，照理又何须借问牧童"酒家何处有"呢？

三是位于江西上饶的杏花村，据说有位老先生在查询清康熙十年（公元1671年）的《玉山县志》资料时，发现里面有五个有关杏花村的记录，其中一处还列出了《清明》一诗，且说是"玉溪杏花村作"。

　　此外，尚有江苏丰县杏花村、宣兴杏花村等，各地为了促进旅游业，均是据理力争。但也有些人认为，杜牧笔下的杏花村只是泛指，并无确切的地点。

秦始皇真的把书烧完了吗？

话说，秦始皇的焚书令十分严苛，并且实行的雷厉风行，按说这样应该把天下的书都烧光了吧？事实上，大家都知道这是不可能的。

清代诗人**陈恭尹**的《读秦纪》："谤声易弭怨难除，秦法虽严亦甚疏。夜半桥边哼孺子，人间犹有未烧书。"诗的第三句是引用**张良**的故事，话说张良策划于博浪沙行刺秦始皇失败后，逃到下邳。一日，张良在桥边遇见一位穿着粗布衣裳的老人，老人故意把鞋甩到张良跟前，要求张良把鞋捡上来。张良好心捡鞋后，老人却得寸进尺，让张良帮他穿上鞋。当张良帮老人把鞋穿上后，老人相约张良五日后天刚亮时来此见面，然后就笑着离开了。

五日后，张良依约而来，等候老人，老人却让他过几日再来，张良只好答应。又过了几日，张良前去，照常等候老人，老人还是让他过两日再来。就这样，经历三次见面后，老人对每次都半夜已经到来恭敬等候的张良大为满意，终于把《**太公兵法**》传授给张良。

这是一本何等重要的书！可见大焚天下书后，"人间犹有未烧书"。张良得到兵法后成了刘邦的得力助手，帮助刘邦统一了天下，建立了汉王朝！

就是这些东西害我小时候默书吃鸡蛋！

童年阴影

人物题：
陈琳文章可治头痛？

"建安七子"之一的**陈琳**文采出众，深受曹操喜爱。他除了是曹操的**主簿**外，还担任司空军师祭酒一职。不过，陈琳并不是一开始就在曹操麾下，甚至还曾经得罪过曹操。

陈琳最初是**何进**的主簿，何进在宦官之乱中被杀后，他就依附于**袁绍**。当时袁绍的势力很大，一心想称帝，就让陈琳写了一篇檄文，号召天下人士与他一同攻打曹操。檄文中不但列举了曹操的种种罪状，还痛骂他的祖宗三代。据说，檄文发布时恰逢曹操头风发作，疼痛难忍。曹操看毕檄文，虽然欣赏写文章之人的才华，却被内容吓得出了一身冷汗，头风竟然不药而愈。

后来袁绍战败，陈琳投靠了**曹操**。曹操大骂："你还敢来见我？你写那篇檄文，骂我也就算了，为什么还要数落我的祖宗？"陈琳无奈地说："箭在弦上，不得不发。"曹操爱惜他的文采，便也没有追究，还任命他为自己的主簿。

陈琳"檄文治头风"一事，后来引申为成语**"檄愈头风"**，比喻文章尖酸、辛辣。

人物题：
谜之赤松子

不少文学作品皆可见赤松子的踪迹，比如曹植的《赠白马王彪》、李白的《古风其二十》《寄弄月溪吴山人》、杜甫的《寄韩谏议》及白居易的《和裴侍中南园静兴见示》，等等。有关赤松子的传说有很多，那他究竟是什么样的神仙呢？

其实，赤松子在神话传说中是雨神。西汉刘向的《列仙传》中提及赤松子是神农时期的雨师，教导神农服食水玉之法，以习得祛病延年之术。据说，就连炎帝的女儿也跟从赤松子学习修仙之法，并随之一同隐遁而去。

赤松子最为人所共知的传说，就是"观棋烂柯"。此说先见于司马彪所著的《郡国志》，描述较为简略，提及道士王质携斧头入山，原拟砍桐树制琴，途中见到赤松子与安期先生下棋，便停下观棋。等王质离开时，其斧柯柄已腐烂。

南朝任昉《述异记》中的记述则较丰富，描写王质前去伐木时听见歌声，然后留意到有人下棋。观棋途中，有童子给他一颗枣，王质食一枣后饥渴全消。当童子提醒他需要离开时，他才发现斧柄尽烂，下山回家后更是发现时光飞逝、物是人非了。

下次见到别人下棋时，千万不要看太久哦！

人物题：
柳永与柳词

既然没有井水……

柳永，北宋著名词人，写词用字浅白易懂，表达情意生动真切，擅长描写失意文人与男欢女爱等题材，内容贴近百姓生活，所谓"凡有井水处，皆能歌柳词"，可见柳永的词在民间的传唱广度。

柳永其实早已小有名气，但因常写"艳词"而被认为品行不端，一直未能在官场得意，于是将心神倾力于词的创作。

柳永精通音律，常为教坊乐工及歌伎填写歌词。后来，柳永发现慢词比小令拥有更丰富的表现力，即使是曲折复杂的内容也可表达，就开始特别专注于长调慢词的创作，并创作了大量优秀的作品，促使词成为当时文学主流。

此外，柳永因"忍把浮名，换了浅斟低唱"一句惹恼了宋仁宗，因此在发榜钦点时，皇上御笔一挥，在柳永卷上批注："且去浅斟低唱，何要浮名？"

柳永知道终身于功名无望，于是自嘲曰："奉旨填词柳三变。"

人物题：
蒲松龄如何搜集素材？

蒲松龄，清代文学家，今山东淄博人。十九岁前科举考试一路顺畅，县、府、道考试均名列前茅，但后来却屡考不中。转眼三十多年过去了，蒲松龄还是未能中举。

幸好蒲松龄什么功名都没考上，不然我们今天就没有文学名著**《聊斋志异》**可看了！

蒲松龄屡试不中，唯有潜心写作，他在写作方面有着出类拔萃的才华和学识。其中以《聊斋志异》一书收录的约五百个短篇小说集最为著名，流传最广。

蒲松龄为了写《聊斋志异》，想出一个很特别的方法，即他在家乡设了一处**茶棚**，免费供应茶水。但有一要求，就是凡是来喝茶的人，都要讲一段故事。这样日积月累，蒲松龄的素材便愈来愈丰富了。

从前有三只虾，它们叫作哈哈哈……

故事茶棚

人物题：
"八大山人"即"扬州八怪"吗？

有人会觉得"八大山人"和"扬州八怪"指的应该是八个人。其实并不然，"八大山人"只是一个人的名号，而"扬州八怪"也是一个约数，指的可不止八个人，据不同书籍的记载，其所指的人数可多达十几人。

关于**"八大山人"**，其实只是明末清初时期的画家**朱耷**的名号。特别的是，朱耷于其画作上的"八大山人"署名，看起来像是"哭之、笑之"字样。

"扬州八怪" 出现的年代则在"八大山人"之后，活跃于**清朝中叶**。现在普遍接受的扬州八怪为黄慎、罗聘、李鳝、金农、李方膺、汪士慎、郑燮和高翔。他们的作品特点是以民间疾苦为题材。此外，他们的作品也融合了诗、书、画三绝，为当时的画坛开启了一种新的风格。

无论是"扬州八怪"还是"八大山人"，他们都为中国的艺术做出了很大的贡献，所以大家要尊敬他们，不要把他们搞混了噢！

我是扬州猪八怪！

扬州

人物题:
鲁迅有多少个笔名?

今次姓甚名谁好呢?

鲁迅,原名周樟寿,后改名周树人,著名作家,著有《狂人日记》《阿Q正传》等作品。其实,鲁迅用过很多笔名创作,比如周豫才、迅行、自树、学之等,但影响比较广的笔名就只有**"鲁迅"**。

周树人之所以要取这么多的笔名,是为了**保护**约他写稿的刊物,以免为他们带来麻烦。当时政局混乱,鲁迅的文章用词犀利,如果他只用一个笔名,那可能就会被强令停止刊发,甚至连出版机构也会受到牵连。

那"鲁迅"这个笔名的含义是什么呢?关于这个答案,鲁迅亲自解答过,他从前发行文章用**"迅行"**做笔名,编辑突然要他取另一个名字,他就将"迅行"加以变化。取这个笔名的原因有三:第一,他的母亲姓鲁,取母亲的姓以做纪念;第二,周鲁是同姓之国;第三,有愚鲁而迅速的意思。不过,也有学者指出"迅"其实是鲁迅的小名,他的家人都唤他**"迅哥儿"**。

鲁迅一生致力于文学创作,并且弃医从文,希望通过文学去改变旧社会、旧思想。不仅如此,鲁迅对于"五四运动"以后中国社会思想文化的发展具有重大影响。

人物题:
与巴金同病的角色

      巴金,原名李尧棠,四川成都人,以《**激流三部曲**》(《家》《春》《秋》)闻名。2005年,巴金去世,享年101岁,可谓长寿。但这位"寿星公"的身体并非一贯地好,年轻时就患有肺病。巴金一生中有许多轶事,其中一件就是他将自己的健康问题投影到了角色身上。

      14岁那年,巴金得到祖父的允许,进入英语补习学校读书。但不过一个月,他就因病辍学。到了20岁,他打算考北京大学,却在体检时发现有**肺病**,无奈与大学生涯失之交臂。这些经历让他感触很深,在他的作品中也有体现,如《**灭亡**》中的主角就得了严重的肺病。创作《灭亡》的这段时期,正好是巴金在治疗肺病的时候,他就将自己的郁闷投放到书中角色上。

      不过也正是因为生病,他能够长期在家中休养,专心创作作品。这个病,不知道对巴金来说,到底是好事还是坏事呢?

咳
嗽

人物题：

中国平行时空故事

中国古代曾有三个平行时空的故事，分别是南柯一梦、黄粱一梦和观棋烂柯，你有听过吗？

南柯一梦出自《南柯太守传》。据说唐朝有一个名叫**淳于棼**的人，在槐树下睡着时做了一个梦，梦中他在一个叫槐安国南柯郡的地方当了大官。醒来后他发现槐树旁有个蚂蚁洞，心中隐隐觉得这就是自己梦中的"国家"，便劈开树枝，翻开泥土，发现里面是数不清的蚂蚁，而且这些蚂蚁用泥土堆成城墙、楼台和宫殿的模样，内里还有个较小的洞穴，里头有土城和小楼。于是，淳于棼深信这就是他梦中的槐安国南柯郡，继而他悟到功名富贵只是虚幻，于是退隐修道。

黄粱一梦出自《枕中记》。据说唐朝一书生**卢生**进京赴考，可惜落榜。他在回乡的路上经过邯郸，便打算在旅馆住宿一晚。在旅馆中，卢生遇见习得神仙术的道士吕翁，便向吕翁感叹自己的贫穷境况，吕翁于是拿出一个瓷枕头让他枕着睡觉。卢生枕

着瓷枕头很快就入睡了，一入梦乡就有享不尽的荣华富贵，直到八十岁时久病不愈，撒手人寰。卢生梦中经历了几十年，享尽人世繁华，可现实中店主还没有蒸好黄粱饭。卢生于是醒悟过来，对虚幻的欲念再无牵挂，向吕翁道谢后离去。

　　观棋烂柯出自《述异记》，这个故事我们在前面的文中有提及。王质本来到山上砍柴，在因缘际会下看到了神仙所下的棋局，结果一观棋就过了数百年。后来，朱熹还为此故事写了一首《题烂柯山》："局上闲争战，人间任是非。空教禾樵客，柯烂不知归。""烂柯"一词后来演变成围棋的别名！

图书在版编目（CIP）数据

趣味学中国文学 / 方舒眉著；马星原绘. —北京：北京理工大学出版社，2020.2

ISBN 978-7-5682-7340-4

Ⅰ.①趣… Ⅱ.①方… ②马… Ⅲ.①中国文学—儿童读物
Ⅳ.①I2-49

中国版本图书馆CIP数据核字（2019）第158804号

本书中文繁体字版本由中华书局（香港）有限公司在香港出版，今授权北京读品文化有限公司在中国大陆地区与北京理工大学出版社有限责任公司联合出版其中文简体字平装本版本。该出版权受法律保护，未经书面同意，任何机构与个人不得以任何形式进行复制、转载。

著作权合同登记号 图字：01-2019-3551

项目合作：锐拓传媒 copyright@rightol.com

出版发行 / 北京理工大学出版社有限责任公司

社　　址 / 北京市海淀区中关村南大街 5 号

邮　　编 / 100081

电　　话 / （010）68914775（总编室）

　　　　　（010）82562903（教材售后服务热线）

　　　　　（010）68948351（其他图书服务热线）

网　　址 / http://www.bitpress.com.cn

经　　销 / 全国各地新华书店

印　　刷 / 三河市宏图印务有限公司

开　　本 / 710毫米×1000毫米　　1/16

印　　张 / 8　　　　　　　　　　　　　　　　　责任编辑 / 申玉琴

字　　数 / 64千字　　　　　　　　　　　　　　文案编辑 / 申玉琴

版　　次 / 2020年2月第1版　2020年2月第1次印刷　责任校对 / 周瑞红

定　　价 / 33.00元　　　　　　　　　　　　　　责任印制 / 施胜娟